Illustration／ERII MISONO

帝王の犬
～いたいけな隷属者～

愁堂れな
Rena Shuudoh

f-LAPIS LABEL

イラストレーション／御園えりい

Contents

※本作品の内容はすべてフィクションです。

Side Mizuki 1

お前は犬だ、とあの人は言った。

「やるべきことはわかっているだろう?」

毎夜、儀式のように繰り返される行為。部屋に入ると服を脱ぎ、全裸になってあの人の前に跪《ひざまず》く。ベッドサイドのテーブルの上からあの人が、革の首輪を取り上げ僕の首に嵌《は》める。

幾夜も幾夜も、僕の汗を、そして涙を吸い取ってきた首輪はもう、僕の肌そのもののように首に馴染み、鎖の重さが気になることもない。

僕は——犬。

「舐《な》めろ。お前の好物を」

笑いを含んだ声が頭の上で響き、あの人が仁王立ちになる。これもまた、毎夜繰り返される行為で、僕はあの人のファスナーを下げ、中に手を入れて取り出したそれを両手で掲《かか》げるようにして、先端から丁寧に丁寧に舐めてゆく。

「上手《うま》くなってきたじゃないか」

よしよし、とあの人の手が僕の髪を撫《な》でる頃には、あの人のそれはもう僕の口の中に入りきらないくらいに大きく、硬くなっている。

褒められるようになったのは最近だった。それまでは何度も、下手《へた》だ愚図だと罵《ののし》られ、頬を張られたり背を打たれたりしたものだ。そうして僕は『訓練』された。あの人の思うがままに動けるように、あの人の満足を得られるように、さまざまなことをこの身体に覚え込まされた。

僕は——犬。

先端に滲《にじ》む透明な液を、ちゅうちゅうと音を立てて吸い上げる。

「……ん……」

頭の上であの人の満足げな吐息が漏《も》れたのに、心の中で安堵《あんど》の息を吐きつつ、尚もちゅうちゅうと吸い続けると、あの人の手が僕の頭に降りてきて、さらりと僕の髪をまた撫でた。

「上手くできるようになったからね。ご褒美をあげよう」

あの人の声が少し上擦《うわず》っている。興奮しているんだ、と思った次の瞬間、あの人の手が僕の口からどくどくと脈打つそれを取り上げた。

「動くなよ」

笑いを含んだ声でそう言ったと同時に、あの人が自身の雄を勢いよく扱《しご》き上げる。

「……っ……」

言いつけに従い、僕はじっとその場を動かず、あの人の手淫を見つめていた。次第に手の動きが速くなり、あの人の息遣いが荒くなる。

「くっ……」

あの人が低く声を漏らしたと思った瞬間、あの人の雄から放たれた精液がぴしゃりと僕の顔へと飛んできた。

「あ……っ」

青臭い匂いに吐き気が込み上げてくるが、顔を背けることは許されない。

「……っ……」

あの人がまた手の動きを速めると、ぴしゃ、とあの人の精液が、今度は僕の右目に飛んできた。

「いた……」

思わず顔を伏せ、目を擦《こす》ろうとしたその瞬間、首輪についていた鎖をぐっと引かれ、喉が詰まったあまり僕はげほげほと咳き込んでしまった。

「ご褒美だと言ったろう。それを拭おうとしてるのかい？」

無理矢理僕を上向かせたあの人の頬は紅潮し、欲情に潤《うる》む瞳はきらきらとそれは美しく輝いていた。

カリスマと呼ばれるに相応《ふさわ》しい美しい容姿と強烈な個性。でも僕が絶対者として君臨するあの人に跪く理由は他にある。

「手で掬《すく》って舐めるんだ」

さあ、とまたあの人が鎖をぐっと強く引く。言われたとおりに僕は頬に、瞼《まぶた》に手をやり、指先であの人の残滓《ざんし》を拭ってはそれを口へと運んでゆく。

「美味《おい》しいだろう？」

満足げに笑うあの人に、僕はこくこくと首を縦に振ったが、勿論《もちろん》美味と感じることはなかった。

呟きかけたあの人の精液が口の中で唾液に混じり、青臭さが倍増してゆく。吐かずにいるのが奇跡と思われるほどの不味《まず》さであるのに、僕はさも美味しそうに微笑《ほほえ》みながら、何度も自分の指を舐める。

あの人に嫌われたくない、ただそれだけのために。

「さあ、またご褒美をやろう」

やたらと上機嫌なあの人の声が頭の上で響き、あの人の指がまた僕の髪に触れた。

「……っ」

ぐっと髪を掴まれ、ひきつる痛みに僕が顔を顰《しか》めるのにもかまわず、そのままあの人は僕の顔を自分の下肢へと押し当てた。

「舐めろ」

「………」

髪を離し、一言命じたあの人の雄が目の前にある。

僕は——犬。

あの人のいいつけに従うしかない犬。ぺろぺろと長く舌を出し、あの人のそれを丁寧に丁寧に舐め上げる。筋の立つ竿を舐め下ろし、恥毛が口の中に入る不快さに顔を歪めぬよう苦労しながら、陰嚢《いんのう》を順番に口に含んだあとには、また竿へと戻って裏筋を丹念に舐めてゆく。

先走りの液が滲み始めた先端をまた、ちゅうちゅうと音を立てて吸いながらふと、いつまでこんな日々が続くのだろうという思いに囚われる。

このまま『犬』で居続けるより他、いかなる道も僕には残されていないのに。

Side Takahito 1

二十年と数ヵ月生きてきたが、男に『好きだ』と告白されたのは初めてだった。

自分で言うことではないが、今までそれなりに異性には人気があったというものの、同性から恋愛の対象として見られたことは一度もなかったと思う。

『気味悪いと思うかもしれないけれど、僕は君のことが好きなんだ』

勇気を振り絞っているのがありありとわかるほど、声を震わせて告白してくれた彼とは、三ヵ月ほど前に下北沢《しもきたざわ》の小劇場で出会った。

もともと商業演劇を観るのが好きで、面白いと思うと同じ演目でも何度か劇場に足を運ぶことがある。

ちょうどそのときも、贔屓《ひいき》にしていた劇団の芝居が気に入ったため、もう一度観たいと演劇関係に顔の利く知人にチケットを融通してもらい二度目を観に行ったのだが、その際偶然、二度とも隣の席に座っていたのが、彼、姫川亨《ひめかわとおる》だった。

「あれ」

「あ」

お互いがお互いを認識し、思わず声を掛け合ったあとにはすぐうち解けて、終演後にどちらからともなく誘い合い一緒に飲みに行った。同い年であることがわかると更にうち解け、好きな演劇のタイプも似ていたことがまた会話を弾ませ、気づいたときには初めて飲んだというのに時間は深夜を回っていた。

「また、一緒に芝居を観に行こう。チケットは融通きくと思う」

亨は、自分は劇団の研究生で、この業界友人知人が多いということだった。

「どこの劇団？」

「『劇団魔界《まかい》』」

亨が少し照れながらも誇らしげに答えた劇団の名は、演劇通ばかりでなく、世間の人間の八割が知っているのではないかと思われる著名なものだった。

「凄《すご》いじゃないか」

「まだ研究生だもの。凄くはないよ」

亨は謙遜《けんそん》していたが、『研究生』といってもなかなかなれるものではないことは、素人の俺でも知っていた。募集が数名のところに、何百人、何千人と応募者が殺到するらしい。

合格率が一パーセントにも満たない中研究生になったというだけあり、亨の容姿は酷く整っていたし、声もよかった。

ただ、少し線が細いので、舞台の上ではあまり見栄えがしないかもしれない、などと余計なお世話なことを思ったが、当然本人に伝えはしなかった。

店を出る前に俺たちは携帯番号を交換し、住んでいるところを教え合った。

「なんだ、すごい近所じゃない？」

偶然もここまでくるか、と驚くほど、俺たちの家は近かった。徒歩にして十五分程度しか離れていない。

「なんだか運命かも」

亨が笑ってそう言ったとき、彼の頬が酷く紅《あか》い気がしたが、それを酔いのせいだと俺は思い込んでいた。

「確かに。俺たち会ったのはきっと、運命だな」

俺も相当酔っていたため軽口を叩いてしまったのだが、亨は俺のこの言葉にそれこそ、『運命』を感じてしまったのだそうだ。

それから俺たちは頻繁に連絡を取り合い、一緒に芝居や映画を観に行った。そのあとはたいがい居酒屋で、演劇談義に花が咲く。

今まで周囲に観劇が趣味という友人がいなかったこともあり、亨と過ごす時間は俺にとってもこの上なく楽しいものだった。

『劇団魔界』の内部事情という、知る機会のなかった新しい世界を語ってくれる彼の話は面白かったし、この芝居のここがよかった、ここは今ひとつだった、という感覚もよく似ていたために話も合った。

これという目標もないままに大学に通い、生活のためにバイトに精を出す。将来の夢というものを持たない俺の目には、自分の夢に向かって目を輝かせている亨が本当に眩しく見えた。夢に溢れた亨と話しているのは楽しかったし、発憤もした。

俺も親父の敷いたレールの上を進む人生ではなく、自分の夢はなんなのかを真剣に考えるべきかもしれないと思いもした。——一人息子、それも跡取りの身としては立場的に難しくはあったが。

それゆえ昨日、急に彼に「好きだ」と告白されたのには相当驚きはしたものの、不思議と嫌な気はしなかった。

昨日は亨に初めて役がついたことを祝う飲みだった。おめでとう、とさんざんグラスを重ねたあと、別れ際に俺は亨に告白されたのだったが、嫌というよりは何より驚いてしまって、ついついぽかんと口を開けたまま彼の顔を見つめてしまっていた。

「……ごめん。やっぱり気味悪いよね」

俯《うつむ》いた亨がぼそりと謝ってきたのに、俺ははっと我に返った。

「あ、いや、そうじゃなくて、単に驚いただけだよ」

消え入りそうな彼の声は酷く掠《かす》れていた。俯いたままの細い肩が細かく震えている。泣いているのではないか、と気づいたと同時に俺は自分でも驚くほどの大きな声でそんな言葉を告げていた。

「……え？」

俺の声のあまりの大きさに驚いたのか、亨が顔を上げる。

「別に気色悪いとかは思わなかった。ほんと、びっくりしただけで……」

予想に反せず彼の頬に涙のあとがあったことで、俺はますます動揺し、あわあわとそう繰り返してしまったのだが、そんな俺に亨はなぜか泣きそうな顔になると、

「……ありがとう」

そう言ったきり深く頭を下げ、そのまま動かなくなった。

「あの、だから、その……」

じっとしている彼はもしや、俺の返事を待っているのかもしれない。そう思いはしたが、どう返事をしていいものか、俺は心底困り果ててしまった。

沈黙のときが暫《しば》し流れる。沈黙に耐えられなくなったのは俺のほうが先だった。

「……なんかあまりにも驚いてしまって、今、頭の中が真っ白なんだ」

我ながら表現にこれでもかというほど気を遣った言葉を捻《ひね》り出していると思うが、その言葉こそが俺の正直な胸の内そのものだった。

「……なので、今、返事はできないんだけど……」

この先どう続けようと言葉が途切れたあとにはまた、沈黙のときが流れる。

「ありがとう」

今度、その沈黙を破ったのは亨だった。顔を上げた彼の頬に笑いがあったことに、ほっと安堵の息が漏れる。

「……正直、フラれること覚悟で告白したんだ。フラれるっていうか、気味悪がられるだろうなって」

亨は思いの外、さばさばした口調でそう続けると、

「気味悪くはないよ」

と口を挟んだ俺にまた「ありがとう」と言い笑った。

「だから貴人《たかひと》の対応、嬉しかった。返事はいつでもいい。無理しなくてもいいから」

そう言うと亨は、「それじゃあ」と笑顔のまま踵《きびす》を返し、道を駆け出していってしまった。

「…………」

あっという間に小さくなる背中を見つめる俺の口から、我知らず、はあ、と大きな溜め息が漏れる。

男から『好きだ』と告白されるなど、今まで想像すらしたことがなかった。男を恋愛対象として考えたことがなかっただけに、一体どうしたらいいんだと俺は途方に暮れてしまっていた。

同時に俺はまた、途方に暮れているだけの自分に対し戸惑いも覚えていた。

亨が心配し、何度も繰り返したように、同性から想われることについて『気味悪い』という感覚が自分の中に少しも芽生えないことに、なんとなく俺は驚きを感じた。

特に女好きというわけではないが、自分はノーマルな性癖だと思っていた。もしかしたら男も普通にいけるのかもしれない、と思いはしたものの、それでは亨の告白を受け入れるかとなると、やはり途方に暮れてしまうのだった。

気味悪いとは思わないが、彼に恋愛感情を抱けるかとなると、正直首を傾《かし》げてしまう。彼のことは嫌いではなかったが、それはあくまでも友人としてであって、性愛の対象としてはどうにも考えられないのだった。

どうするかな——一日が経ち、今はバイトの最中だというのに俺は客が来ないのをいいことに、ずっと一人、そのことを考えていた。

俺のバイト先はかなり特殊な店ゆえ、こうして客が一人も来ない状況というのも珍しくない。営業は夜の八時から深夜二時までで、混み合う――というほど混んだことはないが、複数名の客が入るのは深夜零時を過ぎた頃が多かった。

そんな時間に顧客が多いというのはおそらく取り扱い品目のせいだろう。売っているのは大人のオモチャやSM用品――いわゆるアダルトショップが俺のバイト先だった。

別に自分にそういう趣味があるわけでも、バイト料の高さにつられたわけでもない。このバイトは父親からほぼ強制的にやらされているものだった。

俺の父は風俗店を足がかりに、今や風俗産業、パチンコ産業で財を成した西大路《さいおおじ》グループの総帥《そうすい》で、一人息子の俺は父の跡を継ぐことが半強制的に決められていた。

二十歳を過ぎると『社会勉強』ということで、父のグループに属する店を順番に回らされることになった。先月まで都内のパチンコ店の店員をやっていたのだが、今月に入ってからこの、オープンしたばかりのアダルトショップの店番と経営を任されることになった。

経理も仕入れも俺が決めていいという。この店はもともと会員制のバーだったのだが、経営難に陥り閉店となった。店の入っていたビルが父所有のものだったために、父はテナント貸しをするのをやめ新事業を始めることにしたのだが、それで選んだのがかなり客層を絞ったこのアダルトショップだった。

どのように『絞って』いるかというと、ハードユーザー向けとでもいえばいいんだろうか。SMグッズにしても初心者が気軽に手にとれるものではなく、マニア垂涎《すいぜん》の輸入品がメインである。

客層を広く浅くではなく、マニアに特化した父の作戦は当たり、顧客数はそう多くはないものの、『マニア』たちが店に落としていく金額は半端じゃなく多かった。

さすが一代で財を成しただけのことはあり——などと、実の父親のことを評するのもどうかと思うのだが——父の目の付け所はよかった。今後この店をどう発展させてゆくか、見せてもらおうと父は俺に半年という期間を設け、この店を任せたのだった。

店員は一応アルバイトの男を雇っていたが、実際客層や商品の流れを見たいと思い、できる限り俺は自分で店に出ることにした。それまで欠片《かけら》ほどの興味もなかったが、SMやアダルトグッズに関する勉強もした。

店の客層はなかなかに特殊で、人間観察という意味でも社会勉強になりそうだった。試したいという客も多く、更衣室であられもない姿を見せつけられることもあったが、それもまたある意味社会勉強にはなった。

そういったわけで、俺は今夜も一人店番をしながら、亨からの告白のことをつらつらと考えていたのだが、深夜一時を回る頃に自動ドアが開く音が響き、二名の客が店に入ってきた。

「…………」

この種の店では客に、いらっしゃいませ、と声をかけないほうがいい。できるだけ無関心を装ったほうが売り上げに繋がることを、店に立って間もなく俺は体得した。

勿論、万引きをされては困るので目で追うことは必要だが、注目されていることに気づくと腰が引ける客が多いのだ。

だが、今日の客は少しタイプが違った。

「ほら、美月《みづき》。お前が聞くんだろう？」

朗《ほが》らかとも言えるほどの大きな声が店内に響いたのに、俺は思わず顔ごと視線を入ってきた客に向けてしまった。

「…………」

あ、と思わず声を漏らしそうになったのは、二人連れの男の長身のほうに見覚えがあったためだった。濃いサングラスをしてはいるが、彼は円城真欧《えんじょうまおう》に違いなかった。

円城真欧——演劇に少しでも興味がある人間なら、彼の名を知らない者はいないだろうと思われる著名な男である。亨の所属している、日本一ともいっていいメジャーな劇団の主宰者兼演出家兼脚本家だった。数年前までは主演男優でもあったのだが、今は舞台に立つことはほとんどといっていいほどない。それでも彼の類希なる容姿は人々にこれでもかというほどの強烈な印象を与え、未だに数多い信者を抱えていた。

俺自身、『信者』というほどではなかったが、真欧の演出した舞台にはほぼ足を運んでいたし、彼が主演した舞台も観たことがあった。あの顔、そしてあの声は間違いなく真欧だ、と俺はある種の感慨を胸に彼の姿を見やってしまったのだが、ふと彼が連れている小柄な少年の様子がおかしいことに気づいた。

「……はい……」

先ほど真欧に『美月』と呼ばれていた少年は、まるで少女のような綺麗な顔をしていた。ハーフかクォーターかと思われるような色白の、大きな瞳が特徴的な美少年である。その大きな瞳が酷く潤み、色白の頰がまるで熱でもあるかのように薔薇《ばら》色に火照《ほて》っている様に、俺は思わず目を奪われてしまった。

こうも美しい少年を今まで見たことがなかったためでもあるのだが、どちらかというと俺が注目してしまったのは、少年の様子が尋常ではなかったためだった。

華奢《きゃしゃ》な身体を覆っているのは、真欧のものだと思われるトレンチコートだった。彼にはサイズが大きすぎるために合わせがかなり下になっているのだが、どうもコートの下は裸のようなのである。

気になり足下を見てみたが、裾を引き摺《ず》るほどにコートが長いせいで覆い隠されてはいるものの、どうも下半身も裸なのではないかと思われた。

「さあ、美月、君は何が欲しいんだった？」

真欧の声はよく通る。が、声を潜めようと思えばいくらでも潜められただろうから、敢《あ》えて大きな声を出しているとしか思えなかった。

それは俺の注目を促すためだというのは明白で、呆然と二人を見つめている俺をサングラス越しにちらと見た彼の頬が、満足そうな笑いに緩む。

「早く店の人に出してもらいなさい」

「……はい……」

さあ、と真欧に背を促され、少年はよろよろとしながら俺のいるカウンターへと歩み寄ってきた。彼が近づいてくるにつれ、全身が細かく震えているのがわかる。

「あの……」

声まで酷く震えている彼が、涙目で俺を見上げる。

「はい？」

答えた俺の耳に、ウィン、という微《かす》かなモーター音が届いた。

ああ、羞恥《しゅうち》プレイというやつか、と俺は納得し、改めて細かく身体を震わせている美貌の少年を見やった。

ごく稀にではあるが、他人に見られること、或《あ》るいは見せることに快感を感じる人間がいる。おそらく真欧とこの少年は、露悪趣味の持ち主なのだろう。

モーター音のするものといえば、バイブかローターだろうが、アナルにそういったものを挿《い》れ、裸で人目に触れるところを歩かせるという趣向らしい。

この場合、客へのサービスとして、驚いたふりをするべきか、はたまた知らん顔を貫くべきか、迷った挙げ句に俺は後者を選び、声をかけてきた少年を無表情のまま見返した。

「……あの、ディルドが欲しいのですが」

「あ、はい」

消え入りそうな声ではあったが、注文の品がわかったため俺は返事をし、彼のためにいくつか張り型を取りに行こうとした。

「駄目だろう、美月。どういうディルドが欲しいのか説明しないと」

俺が一歩を踏み出すより前に、後方から真欧が少年に声をかける。

「あの」

少年がはっとしたように顔を上げ、俺をじっと見つめてきた。

「はい？」

綺麗な目だ——涙ぐんだ瞳の中に無数の星が見え、またも俺は見惚《みと》れてしまいそうになったのだが、続く少年の言葉が俺を我に返らせた。

「……僕のお尻を、ご主人様の大きな大きなペニスをちゃんと咥《くわ》え込むことができるお尻にしてくれるような、大きなディルドをください」

「………」

ほとんど叫ぶような声で告げられた言葉の内容にも驚いたが、それ以上に俺を驚かせたのは、少年の頬を一筋の涙が煌《きら》めきながら伝っていったことだった。

「あの……」

きゅっと唇を噛みしめ、身体を支えるようにカウンターに手をつく。白魚《しらうお》のような指というのはこういう手を言うのだろう。大きいトレンチコートの袖口から覗《のぞ》く手はむき出しで、手首のところに緊縛の痕《あと》としか思えない紅い痣《あざ》があった。

「美月、よく言えたね」

真欧の明るい声に、少年の肩がびくっと震え、またも唇を噛みしめたのがわかる。

もしや——もしやこの少年は、これまでの行為を強制されてやっているのではないか。

てっきり双方合意のもとの羞恥プレイなのだろうと思っていたが、そういった露悪趣味のある人間は、人の注目を集めたのがわかった途端恍惚《こうこつ》とした表情を浮かべることが多い。が、目の前で細い身体を震わせている彼からは、恍惚どころか強烈な羞恥の念しか感じられなかった。

実際のところは聞かない限りはわからないが、もしもいやいやらされているのだとしたら気の毒なことだ、と俺は自分の赤裸々な言葉を恥じて俯く少年を思わず見やってしまった。

伏せた睫《まつげ》が、紅潮した頬に影を落としている。先ほどよりも彼の顔は紅くなっているように見えた。顔だけではなく首筋も喉元も酷く紅い。身体の震えも増しており、両脚はがくがくと傍目《はため》にもわかるほどに震えていた。

羞恥だけではなく、アナルバイブ――だかローターだか知らないが――の攻め立てに、彼は限界を迎えつつあるのだろう。そう察したとき俺はまるで商売気を忘れた言葉を口にしていた。

「申し訳ありません。今、ディルドはワンサイズしか置いてないのですが、それでよろしいでしょうか」

「……あ……」

俺の言葉に少年が、どうしよう、というような顔をし背後の真欧を振り返る。

「見せてもらいなさい」

真欧の言葉を待たずに俺はカウンターの下からディルドを取り出し、

「こちらです」

と少年に示した。

「あの……」

少年がまた、指示を仰ぐように真欧を振り返る。

「それしかないのなら、それでいい」

真欧はそっけなく答えると、あとは興味がないとばかりに横を向いてしまった。

「それを、ください……」

少年がそう告げ、ぶるぶる震える手をコートのポケットに突っ込み、暫《しばら》くごそごそやっていたが、やがて折りたたんであった一万円札を取り出した。

「ありがとうございます」

少年は今や泣き出しそうな顔をしていた。ぶるぶると震える手は札を持ち続けることもできないようで、はらりと一万円札が宙を舞う。

「失礼しました」

舞う札をさっと拾い、俺はできるだけ手早くディルドを手提げ袋に詰めると、おつりもその中に入れ、それを少年に渡した。

「……あの……」

落とさないよう、手提げの部分を手にかけてやると、少年は少し驚いたように俺を見たがやがて聞こえないような小さな声で「ありがとうございます」と告げた。

「ありがとうございました」

彼の声をかき消すような大きな声で、俺も客に対する礼の言葉を口にする。真欧がそれを聞きつけ、「すんだのか」と歩み寄ってきた。

「……はい」

頷いた少年の背に、真欧の手が回る。

「それじゃあ行こうか。帰ったら無事に買い物ができたご褒美を上げよう」

真欧がにこやかに笑い、少年の背を促しながら歩き始める。

「こ、光栄です」

少年はもう、独力では歩けないような様子だった。真欧の胸に縋《すが》るようにしながら、一歩一歩震える足を踏みしめ進んでゆく。

少年の歩みが遅いせいで、二人が店を出てゆくまでには相当時間がかかったのだが、ようやく自動ドアの向こうに真欧と少年のシルエットが消えたとき、俺はなんともいえない思いから思わず、大きな溜め息をついてしまった。

哀《あわ》れというかなんというか――いたいけな少年の、涙に潤んだ瞳を思い浮かべる俺の胸に、憤りとしかいえないような思いが湧き起こってくる。

真欧に加虐の趣味があるとは知らなかった。それにしてもあんな酷い仕打ちを年端もいかない少年にしなくてもいいじゃないか、と俺は思わず拳を己の掌《てのひら》に打ち付けたのだが、ふと、すべては自分の思い込みかもしれないと気づき、一人苦笑してしまった。

少年が嫌がっていたというのは俺の主観に過ぎない。実際彼には被虐の趣味があり、真欧の仕打ちにえもいわれぬ快感を覚えていたかもしれないのだ。

それに、もしも真欧が少年に無理を強いているとしても、あの二人は今日店に来た客というだけで、俺とは無関係な人間たちだ。客の行動のいちいちに憤りを覚えるほうが間違っている。

まったくどうかしている、と、俺は気持ちを切り替えるべく軽く頭を振ったのだが、そのとき俺の脳裏にふと、涙を湛《たた》えた少年の大きな瞳が浮かんだ。

「…………」

本当にもしも、無理を強いられているのだとしたら、可哀想だ。

またもそんな考えが頭に浮かぶ己を、いい加減にしろ、と叱咤《しった》したものの、幻の少年の瞳はなかなか俺の頭から消えていってはくれなかった。

その夜はそれからほとんど客という客はなく、閉店までの時間を俺は一人ぼんやりと過ごしたのだが、その間に俺が考えていたのは亨のことではなく、なぜかあの、長い睫の影を頬に落とし震えていた名も知らぬ少年のことで、ままならない己の思考に俺はただ戸惑いを覚えてしまっていた。

「あの店員は知り合いかい？」

近所にマニア向けのＳＭショップができたそうだ、これから行ってみよう――あの人がにこやかに笑いながら僕をそう誘ったとき、僕のお尻には小さなローターが二つも押し込まれていた。

取り出そうとすると「駄目だよ」と笑われ、そのまま行くのだと命令される。せめて服を着ようとすると、それも「駄目だよ」と笑顔で制され、下着もつけないままにあの人のコートを羽織らされた。

粗相をしちゃいけないよ、とあの人は僕の、既《すで》に蜜を零《こぼ》しているそれの根元をきゅっと革紐で縛ると、さあ、行こうと僕の背を促し歩き始めた。

裏通りを選んだとはいえ、人目は充分すぎるほどある。皆が僕を見ているような気がして、恥ずかしくて恥ずかしくてもう、どうにかなってしまいそうだった。

歩くのが遅い、とあの人が僕の腕をぐいと引く。速く歩こうとすると挿れられたローターが落ちそうになってしまうのはあの人にもわかっているだろうに、それでもあの人は容《よう》赦《しゃ》なく僕の腕を引く。

　コートの裏地に胸の突起が、ペニスの先端が擦れる。じんじんと甘い痺れが次第に身体全体に伝わっていき、息が乱れ、ますます歩行困難になった。

　僕の中で小さな二つのローターがこれでもかというほど暴れ回っている。だんだん意識も朦朧《もうろう》としてきてしまっている僕の腕をあの人は強引に引き、速く歩けと命じるのだ。

　店に入ったらこう言いなさい、と、家を出るときあの人はあの恥ずかしい言葉を僕に十回も練習させた。

　本当にあんな恥ずかしい言葉を言うのだろうか——あの人は僕がいやらしい言葉を口にするのを酷く喜ぶ。最初のうちは命じられてもどうしても口にすることができなくて、あの人に随分と叱られたものだったけれど、そのたびに与えられる折檻《せっかん》の辛《つら》さが僕から羞恥を奪っていった。

　そのうちに僕はあの人に命じられるまま、どんな言葉でも口にできるようになり、どんな恥ずかしい格好もできるようになった。

　そう——あの人と二人のときには、僕はそれは品のない、いやらしい言葉を叫ぶ。

『おちんちんがビクビクいってるぅ』

『お尻の中の入り口のとこ、先っぽ、先っぽのところでぐりぐりされると気持ちいいよう』


普段、礼儀作法にはことさら厳しいあの人だけれど、こういう言葉は感情的なほうがより興奮するという理由で、敬語を使うことを逆に禁じられた。

思いつく限りのはしたない言葉を叫ぶという趣向は、結構長い間あの人の気に入ったものだったのだけれど、日々繰り返すうちにどうやら飽きてしまったらしい。

お前が他の男に、いやらしい言葉を言うのを聞きたい、後ろにローターを突っ込まれ、真っ裸のままコートだけ羽織って歩く姿を皆に見せたい。ローターを落とさないよう、きゅっとお尻を引き締めると、またローターがお前の中で暴れ回る。その刺激にいきそうになるのを堪えて歩くさまを、是非見たいのだ——。

縋りつき、泣けば赦《ゆる》してもらえるのなら、いくらでも僕は泣いただろう。だがいくら泣いたところで、あの人が一度命じたことを翻《ひるがえ》すことなどありえない。それもまたこの数ヵ月で僕が、いやというほど学んだことだった。

アダルトショップに到着したとき、僕は立っているのがやっとという状態だった。店内を見回す余裕などまるでない。

『ほら、美月。お前が聞くんだろう？』

あの人が僕の背を促したのに、朦朧とした意識のまま、僕はよろよろと店員の方へと近づいていった。

『あの…………』

一刻も早く終わらせたい。その思いから僕は顔を上げ店員に声をかけた。

『はい？』

店員が問い返してきて初めて僕は、相手が若い男であることに気づいた。

とても――爽《さわ》やかな人だった。あまりにも爽やかすぎて、僕は一瞬自分がどこにいるのかを忘れてしまったほどだった。

爽やかなだけでなく、彼はとても真面目そうだった。そしてとても整った顔立ちをしていた。

男らしい、精悍《せいかん》な顔だった。背も高く、肩幅のある逞《たくま》しい体つきをしていた。スポーツマンにも見えたけれど、黒い瞳は酷く理知的だった。

この人にあんな恥ずかしい台詞を言うのか――身体がすっかり火照ってしまい、羞恥どころではなくなっていた僕の胸に改めて恥ずかしさが込み上げてくる。

『……あの、ディルドが欲しいのですが』

だから――と明確に意識していたわけではなかった。意識があったらあの人の命令に背くことなど、恐ろしくてできなかったはずだ。

おそらく無意識のうちに僕は、言えと命じられていた言葉を随分省略して伝えてしまった。

途端にあの人の怒声が背中に飛んできて、僕ははっと我に返った。

『駄目だろう、美月。どういうディルドが欲しいのか説明しないと』

いけない、一体僕は何を考えていたのだろう、と慌てて僕は、命じられたとおりの言葉を叫んだ。

『……僕のお尻を、ご主人様の大きな大きなペニスをちゃんと咥え込むことができるお尻にしてくれるような、大きなディルドをください』

叫びながら僕はなぜか——涙を零してしまっていた。

どうしてあのとき泣いてしまったのか、自分でもよくわからない。間断なく動くローターが、根元を縛る革紐のきつさが、勃《た》ちきった乳首がコートの裏地に擦れる痺れが、僕をおかしくしてしまっていたから——ではないかと思う。

店員は相当驚いたらしく、目を見開いて僕を見つめた。少しも濁ったところのない綺麗な瞳に見据えられることに耐えられず、僕は項垂《うなだ》れてしまった。そうこうしている間に、身体はだんだん言うことを聞かなくなってきて、立っていることすら覚束《おぼつか》なくなる。

どうしよう――ローターを落とさないように後ろを引き締めているのももう、限界だった。ひくひくと蠢《うごめ》く中で暴れ回るローターは、今にも飛び出しそうになっている。

もう駄目だ、と僕はこの場でとんでもない恥ずかしい姿を晒《さら》してしまうことを覚悟したのだけれど、そのときあの理知的な瞳の店員が救いの手を差し伸べてくれたのだった。

『申し訳ありません。今、ディルドはワンサイズしか置いてないのですが、それでよろしいでしょうか』

あれは――救いの手だったと思う。綺麗な目をした店員はそれは手早く商品を手提げ袋に入れ、おつりも中に入れてくれた。

僕がもう、何を持つこともできないでいることを察し、袋を手にかけることまでしてくれた。

親切な人だと思った。欲情に爛《ただ》れた脳は著しく思考する力を失っていたが、それでも僕はあの、爽やかな店員に対し感謝の念を抱いた。

それがあの人には気に入らなかったらしい。

「あの店員は知り合いかい？」

僕を引き摺るようにして家に戻ると、僕からコートを剥ぎ取り怖い顔でそう尋ねてきた。

「い、いいえ」

知らない人です、と首を横に振った途端、ぽとりとローターが一つ、後ろから零れ落ちてしまった。

「……美月」

あの人の目がますます厳しくなり、声に怒りが滲むのがわかる。

「ごめんなさい」

僕は慌ててあの人の前に跪き、ひれ伏して詫びた。

「粗相をしてしまい申し訳ありません。許してください。許してください」

必死に謝罪し続けたけれど、あの人の怒りは収まらなかった。

「許せるわけがないだろう。本当に躾の悪い犬だ」

不機嫌この上ない声が頭の上で響いたと同時に、肌に焼けつくような痛みを感じる。

「……っ」

あの人が僕を『躾ける』ときに使う、鞭《むち》だった。競走馬の尻を叩くのと同じものだ。悲鳴など上げると更に不興をかう、と僕は必死で唇を噛みしめ痛みを堪えたが、声を上げずともあの人の機嫌は充分すぎるほど悪かった。

「顔は床に伏せたまま尻を高く上げろ」

言われたことをすぐやらないと、また鞭が振り下ろされる。痛い思いはしたくないと僕は慌てて頭を下げ、尻を高く上げて四つん這いのような格好になった。

「もう一つ、ローターが入っていたな。それを手を使わずに出すんだ」

「……は、はい」

ローターは随分奥まで入ってしまっていて、指を使わなければとても取り出せそうになかった。

それでも命令に背くことはできなくて、僕は一生懸命力んだり力を緩めたりしてなんとか取り出そうとしたのだけれど、やっぱりどうやっても出てこない。

早くしないとまたあの人に鞭で打たれる。焦れば焦るほどうまくいかなくて、ほとんど泣きそうになってしまっていた僕の頭の上で、さも、やれやれ、というようなあの人の溜め息が響いた。

「本当にお前は出来の悪い犬だな。一から仕込み直さないと」

言い終わる直前、床に伏せた僕の顔のすぐ横に、ばさりと紙袋が落ちてきた。

見覚えのあるその袋——あの爽やかな店員が僕に持たせてくれた袋だとわかったと同時に、あの人の声がまた響く。

「向きを変えて。こっちに尻を向けなさい」

「は、はい」

何をされるのかわからない恐怖に、声も身体も震えてしまったが、早く動かなければと僕は慌てて顔を伏せたまま、あの人の言うとおり身体の向きを変えた。

「ご主人様の大きな大きなペニスを咥え込みたいんだったな」

笑いを含んだあの人の声がした次の瞬間、尻の肉を掴まれた。

「ひっ」

ローターを出してくれるのか――というのはあまりにも楽観的すぎる僕の想像で、取り出すどころかあの人は僕のそこに、何か固いものをねじ込んできた。

「あぁっ……」

力ずくでそこに押し込まれたのは、先ほど買ったばかりのディルドのようだった。ディルドに押されてローターが更に奥へと押し込まれ、思わず悲鳴を上げた僕の耳に、楽しげなあの人の笑い声が響く。

「さあ、手を使わずに取り出してみなさい」

言いながらあの人がディルドで僕の中を乱暴にかき回す。

「あっ……あぁっ……」

そのたびに先端がローターを突き上げ、ぶるぶると震えるそれが奥底を抉《えぐ》るのに、萎《な》えてしまっていた僕の雄は根元を縛られた革紐がきつく食い込むほどにまたすっかり勃ち上がり、先端に透明な液が盛り上がる。

「……あっ……あぁっ……あっ」

そこを締めつけられる痛みと、後ろをかき回される快感に身悶《もだ》える僕の耳にまた、楽しげなあの人の声が聞こえてきた。

「さあ、これからどうすればいいのかな？　そのくらいのことは覚えているだろう？」

これから僕がすべきこと――考えるより前に身体が動くほどに『訓練』された行動を、僕は今まさに取ろうとしている。

まずは言葉――。

「おちんちんが……おちんちんが破裂しちゃうようっ……痛いけど、とっても、とっても気持ちいいよう」

「アナルは？」

叫んだ僕の声にかぶせ、あの人の張りのある声が問いかけてくる。

「お尻も……っ……お尻も、気持ちいいようっ……ブルブルして、ひくひくして、もう、もう我慢できないよう」

「それなら頼まないと駄目だろう？」

さあ、とあの人に促され、僕はいつもの言葉を叫ぶ。

「ください……っ……あなたの、太い、太いおちんちんを、僕のお尻に入れてください……っ」

「よく覚えているじゃないか」

満足げに笑うあの人の声に、ほっと安堵の息を吐いた次の瞬間、更にぐっと奥までディルドが突っ込まれてきた。

「あぁっ……」

背を仰け反らせた僕の耳に、信じられないあの人の言葉が響く。

「だがまだ、お仕置が足りないからな。ご褒美を上げるわけにはいかないよ」

そんな——目の前が文字どおり、真っ暗になった。あの人の責め苦は今夜、どれだけ続くのだろうと思うだけで、恐怖に囚われ叫び出しそうになる。

「躾の悪い犬は、身体に覚え込ませないといけないからね」

笑いながらあの人がまた、ディルドで、ぐい、と中を抉る。ローターが更に奥を抉る刺激に、痛いほどに締めつけられた僕のペニスの先端から、ぽたぽたと先走りの液が零れ、絨毯《じゅうたん》を濡らしてゆく。

「お漏らしをするとは行儀が悪い。さらに躾けなければ」

まったく、とわざとらしく溜め息をつくあの人の声を聞く僕の頭に、一つの言葉が浮か

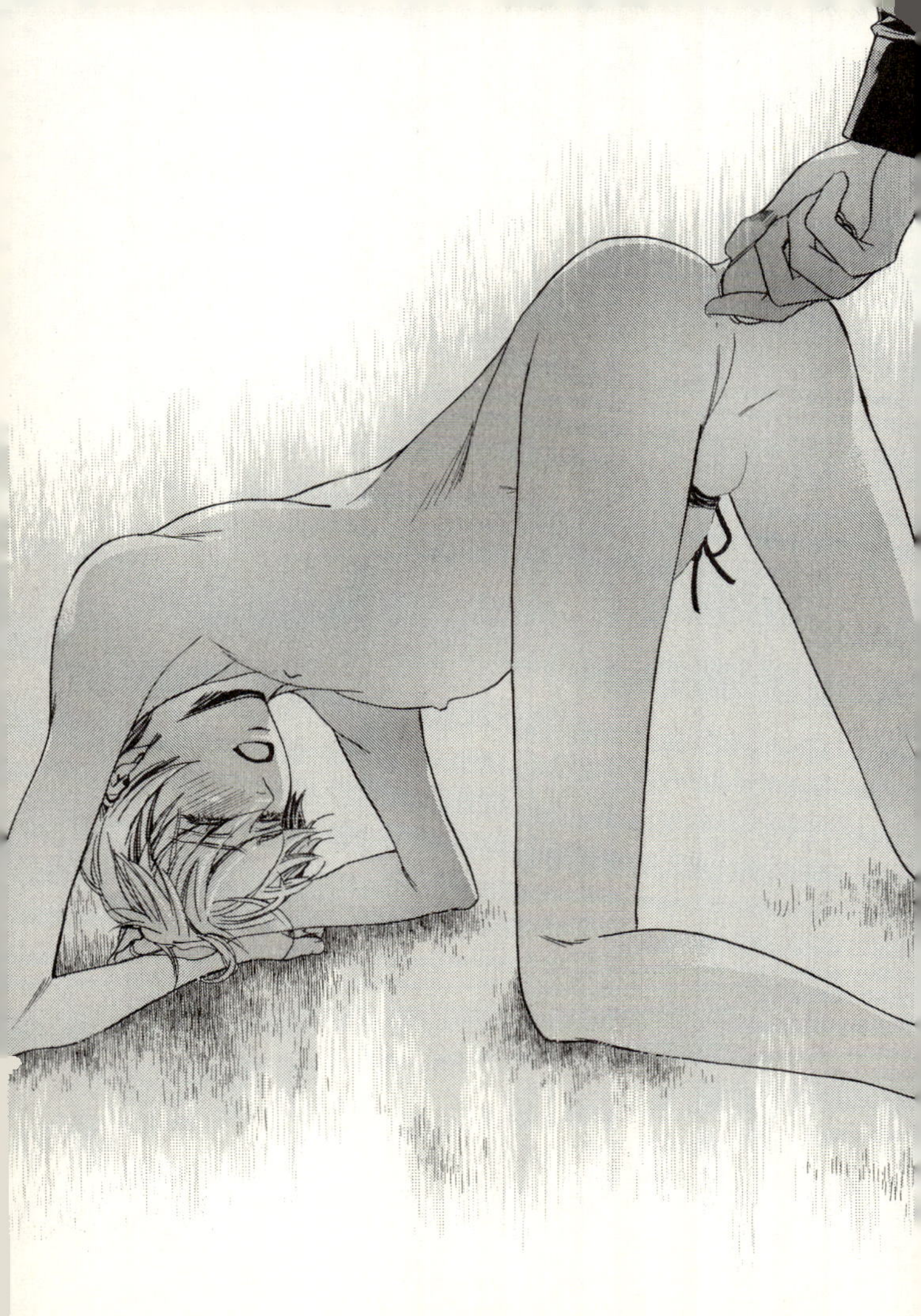

んでいた。

僕は——犬。

あの人の言うがまま、求めるがまま、嘲るがまま、すべてあの人の望むがままに行動する。

僕は——あの人の犬。

あの人が僕に飽きるまで、あの人の犬であり続けるしか僕の生きる道はない。

Side Takahito 2

　翌日、俺は店をアルバイトの店員に任せ、亨を飲みに誘った。いろいろと考えた結果、やはり亨には恋愛感情を抱くことができなそうだという結論が出たからだった。

　亨のことは本当に嫌いではない。だが彼には友情以上の気持ちを抱いてはいないし、この先抱くこともないとしか思えない——これが俺の導き出した彼への答えだった。

　申し訳ないとは思ったが、自分の気持ちに嘘はつけない。彼の想いを受け入れることができないとわかった今、亨にはそれを一刻も早く伝えたほうがいいと思い、俺は亨の携帯に電話を入れた。

　亨は俺の答えをきっと、やきもきして待っているに違いない。いい答えを返せるのならともかく、彼の望まぬ答えを返すのにいたずらに日を置くのは気の毒だ。期待と不安がない交ぜになる胸を抱え、じっと俺からの連絡を待つ——そんな彼の姿を想像してしまうとあまりの申し訳なさに、すぐにでも連絡をするべきなのではないかと思い俺は彼を呼び出したのだった。

電話口の向こうで彼は、酷く緊張していた。一昨日の返事をしたいから夜会えないかと言うと、少し沈黙したあと低い声で、

「わかった」

どこへ行けばいい？　と尋ねてきた。

午後七時に二人してよく行く近所の居酒屋で待ち合わせることを話している間中、亨はずっと緊張していた。俺の答えを聞きたい気持ちと、先延ばしにしたい気持ち、二つの気持ちの間で葛藤《かっとう》しているようだった。

電話を切ったあと俺は、もしや亨に期待させてしまったかもしれないと気づき、少し後悔した。

電話で断るのは悪いと思い顔を見て話すことにしたのだが、亨にしてみたら色よい返事をするからこそ、自分を呼び出したのだと思うかもしれない。

いや、『かもしれない』ではなく『おそらくそうだろう』と俺は、再び携帯を開いたのだが、彼になんと言うべきかを迷い、結局携帯を閉じるとジーンズの尻ポケットに突っ込んだ。いたずらに彼の心を乱すほうが悪いのではないかと思ったのだ。

それから約二時間、彼との約束の時間まで俺は、いかにして自分の思いを彼に伝えるかを考え続けた。傷つけないようにという配慮はときに、かえって相手を傷つけるものであ

る。何より自分の気持ちを正直に告げることが一番だ、と俺がようやく心を決めることができたのは、待ち合わせの十分前だった。

来ているかな、とは思ったが、十分も前に到着したというのに既に亨は店の前で待っていた。

「悪い、待たせたか？」

「いや、今来たとこだし、約束は十分後だし」

そう笑った亨はやはり、相当緊張しているようだった。ぴくぴくと痙攣《けいれん》している頬は随分紅くて、この寒空の下で彼が長いこと俺を待っていたと窺えた。

「それじゃ、行こうか」

「うん」

居酒屋の中へと入るのに、いつもの癖で背を促そうとしたとき、亨の身体がびくっと微かに震えた。

「……っ」

しまった、というように唇を噛んだ彼の横顔を見てしまった俺の胸が、ちくりと痛む。

彼のコートの背がすっかり冷たくなっていることにもまた、俺の胸は痛んだ。

席につき、いつものように二人してジョッキの生を注文する。

「腹、減ってないか?」

「あまり減ってない。貴人は?」

二人して大判のメニューを覗き込みながら、いつものような会話を続け、生ビールを運んできた店員に幾品かオーダーしたあと、やはりいつものように俺たちは互いのジョッキを合わせた。

「それじゃ、乾杯」

「乾杯」

笑い合ってはいたものの、互いの笑顔が引き攣《つ》ってるのがわかる。

「あのさ」

出来合いの品を温めるだけなのだろう、あっという間に注文した料理が並び終わると、俺は今こそ切り出すときだとジョッキをテーブルに下ろした。

「ん?」

亨の頬がぴくりと震え、彼の目が一瞬泳ぐ。みるみるうちに頬に血が上ってきたのは酔いのためなどではないだろう。

「一昨日の話なんだけど」

俺が話し始めると、亨の頬にはますます血が上っていった。いつの間にか俺から目を逸らせ俯いていた彼の身体が不自然に強張っている。

俺の頭に一瞬だけ、『付き合おう』と言ってしまおうか、という考えが浮かんだが、すぐにそれが逆に彼を傷つける行為であることに気づいた。

付き合い始めたところで、この先亨に対し、恋愛感情を抱けるかと問われれば、俺の答えは『否』だった。にもかかわらず『付き合おう』と言おうとしたのは緊張に身体を固くしている亨への同情だろう。

真剣に己の想いを告白してくれた相手に対し、同情で応えることこそ失礼だし、そもそも同情を感じることからして驕《おご》っている。

瞬時にして俺はそう考えを改めると、彼の真剣な想いを真剣に受け止め、考えた結果を告げるために口を開いた。

「……友人として、今後も付き合っていくというのでは駄目だろうか」

「…………」

俺の言葉を聞いた亨の身体が、ぴく、と微かに震えたのがわかった。が、俯いているために彼がどういう表情を浮かべているのかがわからない。俺の言葉が彼を傷つけているのではないかと思うとそれもまた心配で、俺はできるかぎり自分の胸の内を伝えようと、言葉を繋いでいった。

「あれからずっと考えたんだけれど、やっぱり俺にとってはお前は『友達』なんだ。お前の気持ちを知っていながら、友人として付き合いたいというのは、お前にとっては少しも望んでいないことなのかもしれないけど、俺はお前とできればずっと友達として付き合っていきたいと思ってる。もしかしたらお前を傷つけるようなことを言ってるのかもしれないけど、これが俺の本心なんだ」

「ありがとう……」

なんとかわかってもらいたいと我ながら熱く語っていた言葉を遮ったのは、亨の震える声だった。

「え……」

礼を言われるようなことを言った覚えはない、と戸惑い口を閉ざした俺の前で、亨がゆっくりと顔を上げる。

「……なんていうか、貴人がそんなに真剣に考えてくれたことが……嬉しかった」

にこ、と微笑んだ彼の目は酷く潤んでいた。目の縁に今にも零れ落ちそうな涙の滴《しずく》がたまっているのを見た俺の胸がまた、ちくり、と微かな痛みに疼《うず》く。

「……正直、もう顔も見たくないと言われると思ってた。男が男を好きだなんて、気色悪いだろうなあって……」

「いや、だからそれは……」

亨の言葉を遮ったのは、彼を気遣ったためではなく、本心から気色悪いとは思わなかったと主張したかっただけなのだが、亨はそれを俺の気遣いだと判断したらしかった。

「いいんだ。普通男が男を好きになるなんて、気味悪いと思うだろうし」

またも潤んだ瞳を細めてにこりと笑った彼は、俺が「そうではないのだ」と言葉を挟もうとしたのにかぶせ、本当に嬉しげにこう言った。

「……友達としてでも勿論いいよ。貴人さえよければ、これからも今まで同様、貴人の傍《そば》にいたいよ」

微笑んではいたが、亨の目は真剣だった。縋るような瞳がじっと俺を見据えている。

「いいに決まってるだろう」

その目に負けたというわけではなかった。彼を安心させたかったという気持ちは勿論あったが、この言葉もまた、俺にとっては嘘偽りのない気持ちだった。

「ありがとう」

なのにやっぱり亨は、俺が気を遣ったと思ったようだ。泣きそうな顔をしながらも健気《けなげ》に微笑む亨には、本当に自分がそう思っていると伝えたかったのだが、いくら言葉を足したところで彼は素直には聞いてくれないという予感があった。

同性が同性を好きになるということへの負い目が、彼を気の毒なほど卑屈にしているのだろう。卑屈になどなる必要はない、人を好きになる気持ちに同性も異性も関係ないじゃないか、と言ってやりたかったが、彼の気持ちを受け入れたのならともかく、拒絶した俺が言える言葉でもなかった。

そんなことを言おうものなら逆に彼の心を傷つけかねない。ここはもう、何事もなかったかのように——一連の出来事を忘れたように振る舞うのが一番かもしれない。自分の読みが果たして当たっているのかどうかはわからなかったが、まずはこの不自然な沈黙をなんとかしようと、俺はメニューを手にとった。

「今日は飲もう。俺は焼酎にしようかな。亨は？」

「……あ……」

唐突に俺が話を切り替え笑いかけたのに、亨は一瞬戸惑った顔になったが、すぐに、

「何にしようかな」

また泣き笑いのような顔になると、目を伏せ俺が広げたメニューを眺め始めた。長い睫の影が白い頬に落ちて揺れている。

そのとき俺の脳裏に、昨夜店に来たあの、いたいけな美少年の顔が唐突に浮かんだ。薔薇色の頬に落ちていた長い睫の影の幻が、目の前の亨の顔に重なる。

「…………」

あの少年はあれからどうしただろう――真欧の胸に縋りながら店を出ていった彼の後ろ姿を想像の中で追っていた俺は、不意に亨が目を上げたのに、はっと我に返った。

「僕も焼酎にしようかな。ボトル、取ろう」

「あ、ああ」

一体自分は今、何を考えていたのか、と思わず動揺してしまった俺に、亨が眉を顰め問いかけてくる。

「どうした？　ぼんやりして」

「悪い。飲む前から酔ったのかも」

「そんな馬鹿な」

俺の答えに亨が楽しげな笑い声を上げる。ようやく彼の笑みがいつもどおりになった、とここは安堵するところだろうに、俺の胸はドキドキと変に脈打ち続けていた。

というのも亨の笑顔に俺はまた、昨夜の美少年を重ねてしまっていたからだ。

「あ、すみません！」

亨が通りがかった店員を呼び止め、酒を注文している。彼の横顔にまたも昨夜の美少年を重ねそうになっていた俺は、まったくどうかしていると目を閉じ頭を軽く振った。

ビール一杯で酔っぱらうほど酒に弱くはない。それなのになぜ俺は先ほどから昨夜の美少年のことばかりを思い出しているのだろう。

確かに全裸にコートを羽織っていたあの姿には強烈な印象を受けはしたが、だからといって彼は単なる店の客に過ぎない。

裸にコート、その上アナルにはバイブだかローターだか、という格好ほどではないが、趣味に特化したアダルトショップゆえ、扇情的な服装や行為を店内でするカップルはゼロではなかった。

一番物凄い『例』は、更衣室内で売り物の拘束具を用い性行為に走ろうとしていた二人連れがいたことだったが――勿論厳重に注意した上で、使用した商品はきっちりお買い上げいただいた――二度と同じことをされてはかなわないと彼らの顔は一応覚えてはいたものの、普段彼らを思い出すかと問われたら、迷いもせず否と答えるに違いなかった。

それなのになぜ、あの少年に限ってこうも頭から離れていかないのだろう。わけがわからない、と小さく溜め息をついたところに、亨が声をかけてきた。

「貴人もロックでいいよな?」

「ああ」

亨の様子は確かにいつもどおりに戻っていたが、笑顔には少し陰りがあった。『いつもどおり』というのも役者である彼の演技なのではないかと気づいた俺の胸がまた痛む。

だが、その『演技』に乗ってやることこそ彼が望んでいるリアクションだろうと、俺もいつもと変わらぬ調子で彼に笑いかけた。

「焼酎は翌日に残らないっていうけど、この間は酷い二日酔いになったよ」

「この間って、ああ、ここで飲んだとき？　あれはさすがに飲みすぎだよ。ボトル二本、二人で空けたんじゃなかったっけ」

スムーズなようでぎこちない会話が二人の間で進んでゆく。今は通りすがりの美少年のことより、亨のことを考えるべきだと今更のことを心の中で呟きながら、俺は彼との会話が途切れないよう、次々と話題を提供し、亨もそのいちいちに食いついてくれた。

酒もよく進んだ。物凄いピッチでグラスを空けていくうちに一本目のボトルはすぐ空になり、躊躇《ちゅうちょ》することなく二本目のボトルを注文したあたりで俺たちはすっかり酔っぱらってしまっていた。

「かんぱーい！」

「おう、乾杯!!」

陽気な声を上げ、馬鹿話に笑い転げる。お互い無理をしているという自覚はあったが、それを指摘し合うことはなかった。

午前零時に「申し訳ありません、閉店です」と店を追い出される頃には、俺も亨も泥酔し足下も覚束ない状態だった。俺はまだ意識がしっかりしていたが、亨はほとんど寝そうになっている。

「帰るぞ」

腕を掴んで歩かせると数歩彼の足は進むが、俺が手を離すとそのまま路上に崩れ落ち寝てしまいそうだったので、俺は彼の腕を引き続けざるを得なくなった。

「亨、しっかりしろって」

「うー」

返事にならない返事をした亨の足がもつれ、倒れそうになる。

「危ない」

慌てて腕を引いてやりながら俺は、このまま彼を一人帰すのは無理だと判断し、家まで送ってやることにした。

今まで彼の家を訪れたことはなかったが、以前飲んだときに互いの家の場所を詳しく説明し合ったことがあり、彼のアパートがどこかはだいたい把握していた。確かアパートの名はグリーンパレスだったような気がする、と思いつつ、彼を引き摺るようにして歩くこと十分余り、予測したとおりの場所に三階建ての小綺麗なアパート『グリーンパレス』が現れた。

一階の角部屋と言っていた、とアパートの廊下を進み、表札を見上げる。

『HIMEKAWA』

ローマ字で記してある名は間違いなく亨の名字だった。

「おい、亨、起きろ。着いたぞ」

いつの間にか壁に寄りかかっていた亨を揺り起こそうとするのに、亨は口の中でごにょごにょと何か言うものの、目を覚ます気配がない。

「おい、亨」

近所迷惑になっては悪い、と俺は潜めた声で彼の名を呼び身体を揺すったが、亨はやはり目覚めることなく、その場に崩れ落ちそうになる。

「しっかりしろって」

仕方がない、彼のポケットか鞄から鍵を探し出し、部屋の中に入れてやろう、と俺が座り込んでしまった亨の上着のポケットに手を入れかけたそのとき、かちゃ、と背後でドアが開く音がしたのに驚き、肩越しに振り返った。

「あの……」

俺はてっきり亨は一人暮らしだと思っていた。敢えて確認したことはなかったが、これまで交わしてきた会話の内容には彼が誰かと暮らしているという様子がまるでなかったためだ。

　同居人がいたのか――友人か家族かはわからないが、意外なことだ。そう思いながら俺は、小さく開いたドアの隙間から声をかけてきた若い男を見やったのだが、灯りを背にしているために顔はよく見えなかった。

「あ、亨」

　俺の身体越しに座り込む亨の姿を認めたらしく、若い男が――まるで少年のような華奢なシルエットのその男が驚いた声を上げる。

「すみません、さっきまで一緒に飲んでたんですが、亨君、ちょっと酔っぱらってしまってるようで」

　仰天した男の声に非難めいた響きを感じ、財布でも抜こうとしていると思われたらたまらない、と俺は慌てて事情を説明した。

「……あ……」

　若い男が戸惑った声を上げたのに、まだ疑われているのかと俺は名前と亨との関係を告げるべく立ち上がる。

「亨君の友人で西大路といいます。怪しい者ではありませんので」

俺も相当酔っているようだ。名を告げる自分の声がやたらと大きいことからそれに気づき、本当にこれでは近所迷惑になると反省する。と、そのとき背後で、亨が俺の大声に目覚めたのか、「うーん」と小さく声を漏らしたものだから、俺の視線は彼へと移った。

「大丈夫か」

しっかりしろ、と亨の腕を引いて立ち上がらせ、そのまま部屋へと入れてしまえと再びドアを振り返る。

「あ」

そのとき俺は初めて、ドアの向こうで呆然と立ちつくしていた若い男の顔をはっきりと認識した。

やはり酔っているせいだろう。驚きのあまり上げた声があまりにも高いものになる。

俺の上げた大声に、びくっと身体を震わせたその、扉の向こうに立ち尽くしていた男はなんと、昨夜俺の店を訪れディルドを購入していった真欧の連れ——コートに包んだ全裸の身体を細かく震わせ続けていたあの美少年だった。

Side Mizuki 3

今日、あの人は僕を部屋には呼ばなかった。今度の舞台の脚本を書く、とびきりのインスピレーションが湧いたので集中したいのだと言う。

邪魔をするな、と言われはしたが、常に携帯は通じるようにしておけともあの人は僕に命じた。あの人はそうして僕をこれでもかというほど束縛する。

いや――『束縛』などという生易しいものではない。あの人は僕のすべてを支配したがっている。

あの人は僕にすべてを要求する。いかなることにも従順たれと命令する。

頭の中は常にあの人のことで一杯にしておけと言われる。あの人の目が届かないところでも僕は常に、あの人のことを考えていなければならないし、あの人に呼ばれればすぐにあの人の許へと向かうことができるよう、準備を怠ってはならない。

たとえあの人が少しも僕のことを思い出さないその日にも、僕はあの人のことをずっと考え続けていなければならないのだ。

人を束縛したいという衝動は、何かしらの感情を伴うものだと思う。だがあの人は僕に対し、いかなる感情も抱いていない。

僕はあの人の――犬。

否、もしかしたら僕は、『生き物』という認識すら持ってもらえてないかもしれない。

僕はあの人の所有物。あの人が僕を縛り付ける理由はまさにそのためだ。

誰も自分のモノを使いたいときに使えなければ不愉快になるだろう。もし他人に使われるようなことになれば、不快に思うに違いない。

あの人の僕への『束縛』はまさにそんな感じだ。常に僕のことを考えているわけではないが――それどころか、僕のことを思い出す時間はごく僅《わず》かであるだろうけど、そのごく僅かな時間のためにあの人は僕に常に待機することを強いる。

あの人にとって僕は、気まぐれにいたぶる対象でしかないことは最初からわかりきっていた。

わかっていてすべてを受け入れたのは、誰でもない、僕の意思だ。

僕はあの人の所有物。

昼も夜もあの人のことだけを考え、いつ鳴るかわからない携帯電話を握り締めじっと連絡を待っている。

携帯の電源を切ってしまいたい衝動を胸の奥へと押し込め、今日も一日あの人が僕を思い出しませんようにと神に祈る日を過ごす。

僕という所有物の存在を、どうか思い出しませんように。興味も失せ、存在自体を忘れてくれますように。

時計を見上げると日付が変わってかなり経つ。

ああ、よかった、今日あの人は僕のことを思い出さなかったのだ、と安堵の息を吐いたそのとき、外の騒ぎが聞こえてきた。

『亨、しっかりしろよ』

ドアの外で、聞き覚えがあるようなないような、若い男の声がする。

亨がどうしたというのだろう。心配のあまり僕はドアを開き――。

「あ……」

ドアの向こうで驚いたように目を見開いていた男の姿に、それこそ驚き、言葉を失ってしまった。

どうして――？

どうして彼が――あの親切な店員が、この場にいるというのだろう？

これは夢なのか、それとも現実か。偶然か、はたまた必然か。

何もかもに戸惑い、その場に立ちつくしてしまっていた僕の耳にそのとき響いていたのは、日々いやというほど聞かされているあの人の哄笑《こうしょう》だった。

Side Takahito 3

「あ……」

信じられないという思いから俺は暫しその場に立ちつくしていた。彼も——美少年もまた、驚愕のあまり目を見開いている。

灯りを背にしているために、その表情はよく見えなかったとはいえ、彼が顔色を失っていることだけは俺にもわかった。

彼も俺が誰かを認識したということだろう。店員が客のことを詮索してはならないという考えが俺の身体を動かした。

「それじゃ、俺はこれで」

呆然と立ちつくす少年に俺は亨を押しつけるようにして渡すと、軽く頭を下げ踵を返した。

「あ、あの」

亨はそうがたいがよくはないのだが、その亨よりも一回り華奢なその少年は、酔っぱらって正体をなくしている亨の重さに耐えかねたようによろけた。が、俺は敢えてそんな彼に背を向けると、酔いでふらつく足を踏みしめアパートの廊下を進んでいった。

自分のアパートへの道を歩きながら俺は、思わぬ再会をしたあの美少年のことを考えていた。

亨の部屋にいたということは彼の身内ということだろうか。弟か、兄か——弟だろうな、と俺は想像の中で美少年の顔と亨の顔を重ねてみる。

あまり似ていない二人だが、兄弟だと言われてみれば頬のラインが少し似ているような気がしないでもない。今日亨の顔を見ながらつい、あの美少年のことを思い出してしまっていたのはその相似のせいかもしれない、などと自分でも少し無理があるなと思うようなことをつらつら考えていた俺は、背後から聞こえてくる足音に気づき足を止めた。

「…………」

まさか、と思って振り返ると、かなり後方から駆け足で俺に向かってくる華奢なシルエットが目に飛び込んできた。

ちょうど街灯の下に立っていたので、俺が振り返ったのがわかったのだろう、シルエットの駆け足のスピードが一段と上がる。そうしてみるみるうちに近づいてきたシルエットは、やはり、といおうかあの少年だった。

「すみません」

声が届くところまでくると、少年は叫ぶようにそう言い、少し歩調を緩めた。多分走りすぎて息苦しくなったのだろう。はあはあと息を切らせている少年が気の毒になり、俺は自分から彼に向かい歩き始めていた。

「大丈夫ですか」

全力疾走してきたのか、少年は本当に苦しそうな顔をしていた。俺の問いかけに無理に作った笑顔を浮かべ「大丈夫です」と答えてはくれたが、実際少しも大丈夫そうには見えなかった。

「あの、何か？」

少年の息が整うのを待ち尋ねた俺に、少年はごくりと唾を飲み込んだあと、おずおずとした仕草で俺を見返し口を開いた。

「先ほどは弟をお送りくださり、ありがとうございます」

「弟？」

ということは、随分と幼く見えるがこの少年は亨の弟ではなく兄なのか、と驚いた俺の心を読んだのだろう、

「姫川美月……亨の兄です」

少年は――美月は真面目な顔で名乗ると、ぺこりと頭を下げた。

「あ、西大路です。西大路貴人」

名乗ってから俺は、さっきも彼には名乗ったのだった、と思い出し一人顔を紅くした。

「劇団の方……ではないですよね？」

美月がまた唾を飲み込んだあと、俺をじっと見上げてくる。喉が渇いたのだろうと察した俺は、周囲を見回し、数メートル先にある自動販売機を見つけ指差した。

「水、飲みますか？」

「え？」

唐突な俺の問いに、美月は一瞬驚いたように目を見開いたが、すぐに俺の言いたいことがわかったようで、「大丈夫です」と微笑んだ。

「いや、俺が飲みたいんで」

綺麗だ――街灯の下、笑みに綻《ほころ》ぶ彼の白い顔に思わず見惚れそうになってしまった自分に気づき、頬に血が上ってくる。それゆえ口調がぶっきらぼうになってしまった俺を美月は少し不思議そうに見上げていたが、やがてまた小さく微笑むと「ありがとうございます」と頭を下げた。

「付き合ってもらっていいですか」

「ええ」

亨の兄ということは俺よりも年が上になる。だから、というわけではないだろうが、俺の考えていることは彼にはすべてお見通しのようだった。

俺に改めて礼を言ったのも、俺が彼を気遣ったことを見抜かれたせいに違いない。気づかれぬように気を遣うことができないのなら、堂々と遣うしかないかと俺は腹を括り、美月と俺の水を買いに自動販売機へと向かった。

「よかったら」

購入した小さめのミネラルウォーターのペットボトルを差し出すと、美月は少し迷った素振りをしたが、

「ありがとうございます」

断るのも悪いと思ったようで、受け取りまた頭を下げた。

「財布を持って来るのを忘れてしまって。今度払います」

「このくらい、別にいいですよ」

心底申し訳なさそうに言う美月の声を背に俺はまた自動販売機に向き直り、自分の分のミネラルウォーターを買った。

キャップを外し、一気に呷《あお》る。俺につられたように美月もキャップを外すと、こくこく

とミネラルウォーターを飲み始めた。

白い喉が街灯の下で露《あら》わになる。ふと脳裏に、店で会ったときの彼の紅潮した頰が、トレンチコートの襟元から覗いていた項が蘇りそうになり、いけない、と俺は慌てて首を横に振ると、既に空になっていたペットボトルをぐしゃりと手の中で潰した。

「あの、西大路さん」

美月がペットボトルを口から外し、じっと俺を見上げてくる。彼はまた俺の心を読んだようだ。

「はい？」

「……あの……」

暫くどう言おうかと逡巡《しゅんじゅん》していた様子だったが、やがて心を決めた表情になると、再び顔を上げ俺をじっと見つめて寄越した。

「あの、僕のことを覚えていますか？」

「………」

酷く思い詰めている様子の彼を前に、俺はどう答えるべきか瞬時迷った。

『覚えてない』

そう答えれば彼を安堵させることができるだろうが、どうも彼は俺が覚えているという前提でその問いを発したと思われるのだ。

覚えていないという答えを深読みし、更に不安に陥らせるのではないかと思うとそれもまた気の毒で、ここは正直に答えておくか、と俺は心を決めた。

「……覚えています」

俺の答えに美月の頬がぴく、と震えたのがわかった。

「……一緒にいた人のことも、覚えていますか？」

暫くの沈黙の後、美月が震える声で問いを発する。

「ええ。円城真欧ですよね」

名前まで言わなくてもよかったか、と思ったが遅かった。俺の答えを聞いた美月がはっとした顔になり、彼の手から飲みかけのペットボトルが落ちる。

今、美月が浮かべている表情は『恐怖』としか言いようがないものだった。落としたペットボトルを拾うことも忘れ立ちつくしていた彼は、拾ってやろうと一歩を踏み出した俺に突進してきて俺を仰天させた。

「あ、あの？」

「お願いです！　そのことはどうか、どうか亨には言わないでください！」

俺の胸に縋り、必死の形相で美月が訴えかけてくる。

「そのこと？」

「昨日お店で見たことは絶対に、亨には言わないでいただきたいんです。お願いです。どうかこれだけは……」

「わかりました、わかりましたから」

何がどうなっているのか正直まるでわからなかったが、美月の様子があまりにも切羽詰まっていたため、俺はわけがわからないながらも、大きくそう頷いてみせた。

「お願いです。お願いします」

頷いても尚、美月は俺に取り縋って懇願し続けた。

「美月さん」

が、俺が彼の肩を掴むと、はっと我に返った顔になり、「すみません」と小さく呟いたあと不意に踵を返し元来た道を駆け去っていってしまった。

「美月さん！」

何がなんだかわからない。俺は暫し呆然と小さくなる背中を見やっていたが、彼の姿が見えなくなった頃に、あとを追えばよかったのに、という思いに陥った。

美月のあの必死の形相――確かに店に来た彼の様子は、弟には知られたいようなものではないとは思う。が、果たしてそれだけのことなのだろうか、と俺は一人首を傾げながら、美月の消えた路上を見つめていた。

美月があああも取り乱したのは、俺が真欧の名を出してからだったように思う。彼が俺に口止めをしたのはもしや、真欧と自分の関係ではないか、という考えが頭に浮かんだが、それを確かめる術はないと気づき、俺は溜め息をつくと、家への道を歩き始めた。

それにしても――とぼとぼと一人、アパートに向かい歩きながら、俺は思わぬ邂逅《かいこう》に戸惑いを覚えていた。

なぜか頭に残っていたあの美少年が――自分より年上の男を『少年』というのもなんだが、美月の見た目は十六、七歳といっても充分通る幼さなので、『美青年』というよりはどうしても『美少年』と言いたくなってしまうのだ――亨の兄だったとは、驚くべき偶然だ、と俺はまた頭の中で亨と美月、二人の顔を重ねてみた。

あのアパートで亨は兄の美月と二人暮らしをしているのだろうか。考えてみれば俺は、亨の家族関係をまるで知らないのだったということに今更のように気づく。

美月は亨の何歳年上なのだろう。今、何をしているのだろうか。大学生なのか、それとも働いているのか。そして真欧との関係は――？

つらつらと考えながら足を進めていくうちに俺はふと、自分が先ほどから美月のことにのみ思いを馳せていると気づいた。

「…………」

いつの間にか頭の中から亨の顔は消え、美月一人の顔が浮かんでいることにも愕然とする。

確かにインパクトのある再会ではあったが、今夜は俺と亨にとってはある意味特別な夜だったはずだ。亨の想いを——俺への恋愛感情を受け入れることはできないと断り、これからも友情を育んでいこうと決めた日だというのに、そんな特別な出来事が既に俺の記憶の中に埋もれてしまっていることに驚きを感じる。

思えば亨から告白された翌日、美月と店で出会ったのだが、そのときも俺の意識はすっかり美月に向かってしまったのだった。

それが何を意味するのか——酔った頭でこれ以上考えるのは困難と、俺は自ら思考をぶった切ったが、そんな自分の行為がある種の焦燥感からのものであるという自覚はあった。

今日は酔っている、明日考えよう、とすべてを酔いのせいにする自分の卑怯さに自己嫌悪の念を抱きながらも、自分の気持ちに正面から向かい合う勇気がどうしても出ない俺の脳裏には、何度も美月の潤んだ瞳が浮かび、俺をいたたまれない想いに追いやってくれたのだった。

翌日、亨から携帯にメールがきた。後半の記憶がまるでないが、何かマズイことはしなかったか、もしかしたら家に送ってくれたのか、というメールに俺は、気にすることは何もない、また飲みに行こうとのみ打って返信した。

亨からは『ごめん。また是非行こう』と返信があったが、そのメールには返信しなかった。なんとなく彼に対し罪悪感を抱いてしまう自分を持て余しつつ、昼間大学の授業を終えると夜はいつものように店に向かい、ほとんど客がいないのをいいことに、帳簿をつけたり売れ筋の商品をチェックしたりして時間を過ごした。

その夜は本当に客足が悪かった。九時過ぎにひと組ひやかしのカップルが来ただけで、午前零時過ぎても二組目の客が現れない。たまにこんな夜もあるのだが、こうも客が来ない日は閉店時間まで店を開けていたとしても無駄であることが多いという経験から、今夜は早めに店を閉め、在庫チェックでもするかと俺が立ち上がりかけたとき、自動扉が開く音が店内に響き渡った。

客か、とちらと入り口に目をやった俺は、思わず上げそうになった驚きの声を慌てて呑み込み目を伏せた。

店に入ってきたのはなんと――美月だった。よろよろと酔っぱらっているような足取りで、ふらつきながら真っ直ぐカウンターに近づいてくる。

と、また自動扉が開く音がし、もしやと思って目をやると、予想どおり濃いサングラスをした真欧が店内に入ってきて、美月の背に声をかけた。

「美月、待ち遠しいのはわかるが、そんなにふらふら先に行ってはいけないよ。戻っておいで」

優しげではあったが、よく響くその声には底知れない怖さがあった。それは美月がびく、と身体を震わせたからそう思ったというわけではなく、なんというか真欧には弱者をいたぶるのに至上の悦びを感じている雰囲気が備わっているように感じたのだ。

「ご、ごめんなさい」

弱々しく謝り、美月が真欧を振り返る。今日も彼は真欧のものと思われるトレンチコートを身につけていたが、中は裸のようだった。前と違うところは彼の細い首に黒革の首輪が装着されていたことと、前以上に彼の身体がぶるぶると細かく震え、満足に歩けない様子であることだった。

酷く無体なことをされているのではないか――よろよろとよろめきながら真欧に歩み寄ってゆく美月の背中を見る俺の胸に、熱いものが込み上げてくる。

「さあ、美月、もう一度カウンターに行って、大きな声でお願いするんだ。お前の欲しいものをね」

美月がよろけながらもようやく真欧の前まで戻ってきたというのに、真欧はにこやかにそう言い、美月の肩を掴んで身体の向きを変えさせようとした。

「……あっ……」

美月がよろけ、小さく声を漏らす。

「さあ、早く行きなさい」

真欧が背を促すと、美月はよろよろと数歩進んだが、それ以上は歩けなくなってしまったようでその場に立ちつくしていた。

「美月、早くしなさい」

真欧の容赦ない声が、ぶるぶると身体を震わせている美月の背に刺さっている。

可哀想に――本来客である彼らにこんな感情を抱くべきではないということは、俺にも充分わかっていた。

客同士のトラブルに口を出す権利も義務も俺にはないし、トラブルどころか、もしかしたら彼らは今の状況を『楽しんで』いるのかもしれないのである。

それがわかっていたにも関わらず、気づいたときには俺はカウンターから立ち上がり、美月の身体越し、真欧に声をかけていた。

「あの、失礼ですが円城真欧さんじゃないですか？」

「……」

いきなり名を呼ばれるとは思わなかったのだろう、真欧が一瞬たじろいだ顔になる。美月はというと、それどころではないようで、俯きぶるぶる身体を震わせたままじっとその場に佇んでいた。

「違ったらすみません。円城真欧さんですよね？」

「それが何か？」

真欧が不機嫌さを隠そうともしない口調で俺に問い返してくる。

「余計なことだとは思ったんですが、今夜はこのあたりに写真週刊誌の記者が張ってるって噂が同業から入ってきたんですよ。誰を狙ってるのかまではわからないという話だったんですが、もしかして……」

俺がそこまで言うと、サングラスをかけた真欧の顔が微かに歪んだような気がした。

「そうか、それは親切にありがとう」

さすがといおうか、動揺した素振りはまるで見せず、真欧は俺に一言礼を言うとつかつかと美月に近づいていった。

「これで帰りなさい」

上着のポケットから札入れを取り出し、中から一万円札を一枚抜いて、無理に美月に握らせる。

「あ……」

美月が途方に暮れた顔になるのにもかまわず、真欧は踵を返すとそのままカツカツと靴音を響かせ店を出ていってしまった。

「あの……っ」

美月は彼のあとを追おうとしたが、いろいろな意味で既に限界だったらしく、よろりと大きくよろけ、その場に膝を突いた。

「大丈夫ですか」

慌てて彼に駆け寄り、肩を掴んで身体を起こしてやる。

「あ…………」

そのとき初めて美月は俺を認識したようだった。見開いた目は酷く潤み、何かを言いかけた唇がわなわなと震えている。

「ちょっと待って」

尋常ではない彼の様子に目を見張ってしまいながらも、俺は彼の傍を離れて店の入り口へと向かい、扉に鍵をかけ内側からブラインドを下ろした。

「こっちへ」

すぐに美月の許へと引き返し、蹲《うずくま》る彼の手を引き立ち上がらせようとしたが、美月は俺の手を振り払い、床に蹲ろうとする。

「美月さん」

「放っておいてくれ……」

弱々しくはあったが、きっぱりした口調で美月はそう言い、あとは顔を伏せてしまった。

「……失礼」

放っておいてくれと言われても、ぶるぶると身体を震わせている彼を捨て置くことはできず、俺は瞬時迷ったもののすぐに強引に彼の肩を掴んで身体を起こさせると、そのまま脇に手を差し入れ彼を床から抱き上げた。

「やめてくれ……っ」

美月が激しく首を横に振り、吐き捨てるように言うのにかまわず、俺は彼を抱いたままカウンターの奥の更衣室へと彼を連れていった。

「大丈夫ですか」

更衣室の絨毯の上に彼を下ろし問いかけたが、美月は顔を背けるばかりで答えようとしない。最早自分では手足を動かすこともできないようだと、俺はまた瞬時迷った結果、行動を起こすことにした。

「悪く思わないでください」

一応宣言したあと、その場に座り込んでいた彼のコートに手を伸ばす。

「よせ……っ」

美月は俺の手を振り払いたかったようだが、彼の手が上がることはなかった。

「……あっ……」

手早くコートのボタンを外し、前を開いた俺は、目に飛び込んできた惨状に堪《たま》らず声を漏らした。

「……う……」

美月が羞恥に耐えかねたように俯き、唇を噛む。

思ったとおり、コートの下は裸だった。だが俺が我慢できずに驚きの声を上げたのは、彼の裸体を見たからなどという理由ではなかった。

彼の肩には鞭で打たれたような痛々しい痕が残っていた。小さな乳首には重そうなクリップがそれぞれに下がっている。もともと毛深くはないようだが、下半身が無毛であるのは剃られたからだろう。剥き出しの雄の根元は革紐でしっかり縛られているだけでなく、竿の部分にはローターが括り付けられていた。

「……本当に悪く思わないでくれ」

痛々しいとしかいいようのない状態から解放してやろうと、俺はまた一応の声をかけたあと、手を伸ばしまず乳首のクリップからそっと外し始めた。

「やめろ……っ」

紅色に染まった乳首が枷《かせ》を失った反動でぷるん、と震えたのと同時に、美月の身体がびくりと震える。もう一つのクリップを外し、続いて俺は竿に装着されたローターを外すために彼の雄に触れた。

「……やめ……っ」

美月がまた声を上げたが、かまわず俺はローターを外し、続いて根元を縛っていた革紐を解こうとした。

「駄目だ……っ……今、解かれたら……っ」

美月が悲鳴を上げる。今までの弱々しい拒絶とは違う彼の剣幕に驚いたあまり俺の手は止まってしまったのだが、美月はそんな俺の手を振り払うと、その手をそこへと——彼の後ろへと伸ばしていった。

「……っ」

美月がのろのろと脚をM字に開いたとき、俺は彼の後ろに栓のような拘束具が嵌まっていることに気づいた。どうも彼はそれを引き出そうとしているようだが、力が入らないらしく、うまくできずにいる。

「手を貸していいですか」

問いながら俺は彼の返事を待たずに、彼の手を払いのけ、ねじ込まれたその栓を抜いてやった。

「……あっ……」

美月はもう、抵抗しようとしなかった。それは俺に心を許したためではなく、アナルに挿れられたローターが中で暴れ回っている、それを取り出すことに気が逸れていたかららしい。

ぼとん、と小さな音を立て、そこからローターが一つ零れ落ちた。はあ、と小さく息を吐いた美月に俺は、

「大丈夫ですか」

と声をかける。

「…………」

美月は初めて俺を真っ直ぐに見た。何か言いたそうに口を開くのだが、何も言えずにい

る彼に、俺は再び、

「大丈夫ですか」

と声をかける。

「……大丈夫だ」

頷いたが、彼が動く気配はなかった。

「気分は？　悪くないですか」

問いを続けようとした俺の声に、美月の「あのっ」という切羽詰まった声が重なる。

「はい？」

「悪いけれど、席を外してもらえないか」

「え？」

美月はまだぶるぶると身体を震わせていた。根元を縛られた彼の雄の先端には次々と先走りの液が盛り上がり、竿を伝って流れ落ちてゆく。

「……まだ、後ろに……」

俺が呆然としていたからだろうか、美月はそれだけ言うと、顔を背けうつ伏せになろうとした。

「……あ」

そうして四つん這いになった彼が、俺に尻を向けた。

「頼むから……っ」

出ていってくれ、と叫ぶ美月の声が、狭い更衣室に響き渡る。

そのときには、俺は、美月の切羽詰まった状況を理解していた。まだ彼の中には何かが
――おそらくローターが挿入されているらしい。彼はそれを出したいのだけれど、その姿を俺に見られたくないのだろう。

だが果たして彼が自力で出せるのか――それはもしかしたら、しなくてもいい心配だったのかもしれない。だがどうしても目の前で苦しんでいる彼を捨て置くことはできなくて、俺は彼に近づくとほとんどついていないような尻の肉を掴み、後孔を広げようとした。

「やめろ……っ」

美月は悲鳴を上げたが、俺は彼の声を無視し、そこを覗き込んだ。よくわからないがどうも中に小さな卵形のローターがあるらしいことがわかると、「すみません」と一応声をかけ、指でそれをかき出そうとした。

「あぁっ……」

指を挿入した途端、内壁がきゅっと締まりその指を締め上げた。あまりの締まりのよさに驚いたあまり俺の動きは一瞬止まってしまったのだが、戸惑っている場合ではないと気

を引き締め、更に中へと指を挿入していった。

ローターはすぐ指にあたり、結構簡単にそれを取り出すことができた。ぽとりと小さなそれが床へと落ちたのに、美月が、はあ、と小さく溜め息をつく。

「……すみませんでした。今、濡れタオルを持ってきます」

未だに四つん這いの姿勢のままの彼にそう声をかけ、俺は立ち上がろうとしたのだが、

「あの……っ」

そのときやたらと切羽詰まった美月の声がまた響いたのに、何事だと再び彼の後ろに跪き、顔を覗き込もうとした。

「どうしました？」

「……もう……一つ……」

消え入りそうな美月の声が俺の耳に響いてくる。

「え？」

何が『もう一つ』なのか、わからず問い返した次の瞬間、俺は彼の言いたいことを理解した。

「あ……」

「もう、一つ、中に……」

わかったことを伝えるのが遅れたせいで、美月が小さな声でそう告げる。

「……わかった」

いくら小さなローターとはいえ、三つも入れられていたとは、と俺は驚き慌てて再び彼の後孔を広げ中に指を挿入した。

「……あ……」

奥の奥で蠢くローターにようやく指が届く。一本の指では無理かと俺は美月にまた「すみません」と声をかけ、二本目の指を——中指を挿入した。

「……あっ……」

美月の背が仰け反り、小さな声が漏れる。感じているのか、とわかったが、美月が身体を強張らせたのに彼の羞恥を察し、俺は聞こえぬふりを決め込むとただローターを取り出すことに専念した。

「…………ああ……」

悪戦苦闘したが、ようやくローターを出すことができたとき、美月は心底ほっとしたように大きな溜め息をついたあと、その場に崩れ落ちるようにして倒れ込んだ。

「大丈夫ですか」

俺は慌てて彼の肩を掴み、身体を起こさせようとしたが、根元を縛られびくびくと震えるそれはとても『大丈夫』そうには見えない。

「……失礼します」

どうしようかな、と迷ったが、少しでも楽にしてあげたいという気持ちが勝った。俺は美月がぐったりしているのをいいことに、彼の身体を己の胸で支えると、両手を彼の雄へと延ばし、根元を縛っていた革紐を解き始めた。

「やめて……っ」

消耗しきっていた美月が、ぎょっとした声を上げたとき、革紐がはらりと床へと落ちた。

「あぁっ……」

途端にぴゅっと白い精液が宙を舞う。堪えに堪えていた射精をようやくすることができた美月の紅い唇から高い声が漏れた。俺が思わずその声に聞き入っている間に、美月は我に返ると、俺の胸を押しやり再び床に突っ伏してしまった。

「あの……」

「見ないでくれ……っ」

どうしたのだ、と声をかけようとした俺を拒絶するように、美月の高い声が響く。

「美月さん」

「見ないでくれ！　どうか……どうか、こんな僕を見ないで……っ」

美月は泣いているようだった。嗚咽《おえつ》を抑え込んでいるのがありありとわかるくぐもった声で叫んだ彼の、華奢な身体が震えている。

「……見ません」

彼の涙をとめてあげられるような言葉をかけたかったが、何を言えばいいのかわからなかった。俺に言えるのは『見るな』と言われたことへの返事だけだと、自分の語彙《ごい》のなさを情けなく思いながら答えた俺の前では、美月が嗚咽に肩を震わせている。

「……ちょっと待っててください」

何か自分にできることはないかを俺は考えたが、汗やら精液やらで濡れた身体を拭ってやることとくらいしか思いつかなかった。一声かけたあと俺は立ち上がり、洗面所へと向かうと、水で濡らしたタオルをきつく絞り、再び更衣室へと戻った。

「……すみませんでした」

美月はもう、蹲ってはいなかった。更衣室の中、トレンチコートを肩から羽織り、前を合わせてきちんと正座をして俺が戻るのを待っていたのだったが、彼の頬には拭いきれない涙のあとがあった。

「大丈夫ですか」

問いかけ、タオルを差し出すと、美月は俺に向かい頭を深く下げて寄越した。

「申し訳ありませんでした。お世話になりました」

他人行儀なほど——といっても俺たちは面識がある程度のまさしく『他人』なのだが——きっちりした口調と態度で美月は俺に頭を下げると、顔を上げ真面目な表情のままこう言った。

「写真週刊誌のほうが大丈夫そうでしたら、これで失礼します」

「写真週刊誌？」

一体何を言い出したのだと思ったが、すぐにそれが、俺のついた嘘のことだとわかった。

「すみません、あれ、嘘です」

「え？」

美月が心底驚いたように目を見開く。彼には俺がそんな嘘をつく理由がまるでわからないのだろうと気づいたとき、なぜか俺の胸はちくりと微かに痛み、俺を慌てさせた。

「あの、嘘ってどういうことですか」

が、そんな僅かな胸の痛みは、美月が腑に落ちないという顔で俺を問い詰めてきたのに、すぐに忘れることとなった。

「余計なことだったらすみません。あなたが嫌がっているように見えたもので、つい……」

俺の答えを、美月はぽかんと口を開けたまま聞いていた。理解できなかったのかな、と俺が再び、「すみません」と説明しようとすると彼ははっとした顔になり、

「……嘘だったんですか」

怒ってるとも呆れてるともとれるような投げやりな口調でそう言い、小さく溜め息をついた。

沈黙のときが狭い更衣室に流れる。

「……よかったです」

暫くしてから美月がぽつりとそう言ったが、彼が何を『よかった』と思っているのかは俺にはよくわからなかった。

「あの、もしよかったら」

そのままじっと動かなくなった彼に、俺は思いきって声をかけてみた。

「……」

美月がゆっくりと顔を上げ、俺と目線を合わせる。

「家まで送りましょう。車で来ているので」

「…………」

美月はまたじっと俺を見つめていたが、やがてこくん、と小さく首を縦に振った。

「ありがとうございます」

これは了承と思っていいのだろうか、と俺は続く彼の言葉を待ったが、美月が再び口を開く気配はなかった。

「ああ、そうだ」

開店当初、勉強することが多すぎて俺は、店に泊まり込むことが多かった。そのまま大学に行けるようにと着替えを数着置いていたことを思い出し、美月に貸してやろうと思いつく。

「ちょっと待っててください」

また俺は彼にそう声をかけると、店の倉庫内にあるロッカーへと走り、着替えの入ったスポーツバッグを手に更衣室へと戻った。

「これ、洗濯してありますから。よかったら着てください」

美月と俺では体格が随分違うが、裸で帰るよりはサイズの合わない服を身につけるほうがマシだろう。そう思って俺は彼に服を貸そうと思ったのだが、美月もまた俺と同じ判断をしてくれたらしかった。

「助かります」

丁寧に頭を下げ、俺から服を受け取ってくれたことにほっとしつつ、着替えを見ているのも失礼か、と俺はまた更衣室をあとにした。

五分ほどして美月が更衣室から出てきた。俺のシャツもジーンズもぶかぶかで、酷く不自然な格好ではあったが、裸でトレンチコートを羽織るよりは随分まともに見えた。

「どうもありがとうございます」

彼の手にはトレンチコートが大切そうに抱えられていた。今まで嵌めていた首輪も、そしてローターをはじめとするさまざまな性的玩具もきっと、コートの中に仕舞われているのだろう。彼が大切そうにコートを抱えているのは、それらを落とさないために違いない――なぜかそう思い込もうとしている自分に気づき、俺は、一体何を考えているんだと一瞬呆然としてしまった。

「あの……」

何も答えない俺を訝り、美月が声をかけてきたのに、はっと我に返る。まったくどうかしている、と俺は軽く頭を振ると笑顔をつくり美月に声をかけた。

「すみません。行きますか」

既に閉店準備は整え終えていた。本当なら閉店時間まであと二十分ほどあるのだが、かまうものかと心の中で肩を竦めると俺は美月を伴い店を出て、地下駐車場へと向かっていった。

車の中で美月は何も喋らなかった。俺も何を聞いたらいいのかわからず、何も喋らないままにハンドルを握り続けた。

深夜ゆえ渋滞もなく、車は二十分ほどで美月のアパートの前に到着した。

「……ありがとうございました」

美月が丁寧に頭を下げ、車を降りようとする。

「おやすみなさい」

他に声のかけようがなく、彼の背にそう告げた俺を、美月が振り返った。

「あの……」

酷く思い詰めた顔をしている彼の様子に、『おやすみなさい』の何が気に障ったのかと俺は慌てたのだが、美月が思い詰めていたのは別のことだった。

「あの、くれぐれもこのことは、弟には言わないでください」

ドアに伸ばした手を引き、身体をこちらへと向け直してそう告げた美月は、追い詰められた獣のような目をしていた。

「勿論亨には何も言いません」

そう言わずにはおられないほど、美月の表情には悲壮感が漂っていた。俺の言葉に美月の表情が少しだけ、ほっとしたように緩む。

「……ありがとうございます」

またも美月は丁寧に俺に頭を下げると、再び背を向けドアを開き車を降りようとした。

「あの……」

なんだかこのまま車から降ろしてはいけない気がして、俺は思わず彼の背に声をかけてしまったのだが、美月が俺を振り返ることはなかった。

「それでは、おやすみなさい」

真欧のトレンチコートを大切そうに抱え、車を降りた美月が俺にまた深く頭を下げたあとにドアを閉める。

「………」

車を降り、彼を問い詰めたかったが、一体『何を』問い詰める気だ、と俺は衝動で動きそうになる自分を抑え込んだ。

本当にどうかしている——美月が消えていったアパートを俺は暫くの間その場でじっと見つめていたのだが、そのときバックミラーに人影が映った。

あれはもしや亨ではないかと気づいたときには俺はアクセルを踏んでいた。亨らしき男の人影が、美月と亨の住むアパートが、バックミラーの中であっという間に小さくなり消えてゆく。

なぜ、自分が逃げるように車を発進させたのか、自分でもよくわからなかった。今、自分が亨に対し、酷く後ろめたい思いを抱いていることもまた、俺の理解を超えていた。
本当にどうかしている——信号待ちで停車している間、俺は今日何度目かもわからぬ深い溜め息をついてしまったのだが、そのとき俺の脳裏には真欧のトレンチコートを大切そうに抱き締めていた美月の白い顔が浮かんでいた。

今夜もきっとあの人は仕事に興が乗っているのだという僕の希望的観測は、午後十一時に潰《つい》えた。

『すぐ来い』

携帯にただ一文のみのメールが入ったのだ。亨がまだ帰宅していないことにほっとしつつ、僕は『出かけます』と置き手紙を残し、急いであの人のもとに向かった。

「遅い」

僕の家から六本木《ろっぽんぎ》のあの人の家までは、どんなに道が空いていても二十分はかかってしまう。道路工事で少し渋滞してしまったため、今夜僕があの人のマンションに到着したのはメールをもらってから三十分後になってしまった。

たった十分のことじゃないか、などという言い訳ができるわけもなく、僕はその場で土下座し、あの人に許しを請うた。

「それにその格好はなんだ。ここに来るときにはどういう格好で来いと僕は言った？」

あの人の機嫌は相当悪そうだった。もしかしたら思うように仕事が進んでいないのかもしれない。僕がそんなことを考えていると知ったら、あの人の機嫌がますます悪くなることはわかっているので、僕はただただあの人の前にひれ伏し、自分の失態を詫びた。

「申し訳ありません。急いだもので、準備ができませんでした」

あの人の注意は、僕が普段着を着ていることに対してだった。一昨日部屋を出るときに新たに作られたルールだったため、僕はすっかりそのことを忘れてしまっていた。

一昨日の夜、あの人は僕に、次にここに来るときにはこれを着て来いと服を渡した。それは上にコートでも着なければとても外など歩けないもので、両方の乳首のあたりが丸く切り取られた白いシャツに、アナルが丸出しになるように穴のあいたレザーのパンツだった。その服を下着を着けずに着てこいと言われたとき、僕は目の前が真っ暗になった。

あの人の僕への命令はどんどんエスカレートしてくる。そのうちにこの恥ずかしい服を着るのに、コートの着用すら許されなくなるかもしれない。

どうしたらいいのだろう、と僕は昨夜その服を手にさんざん悩んでいたというのに、そのあとの衝撃的な出来事のせいで、命令をすっかり忘れてしまったのだった。

「僕は言い訳を好まない。もう忘れたのかな」

あの人の不機嫌そうな声が頭の上で響いたと同時に、肩に酷い痛みが走った。乗馬用の鞭が振り下ろされたのだ。

「申し訳ありません、申し訳ありません」

こうなるともう、謝る以外僕に道は残されていないのだった。それは謝れば許されるという意味では決してない。謝らなければ折檻がより酷くなるというだけの話だ。

「ごめんなさい、ごめんなさい」

何度も鞭が振り下ろされ、そのたびに焼けつくような痛みが僕を襲う。世の中には痛みに快感を覚える人がいるというけれど、もしも自分がそうなれたらどれだけ救われることだろう。

「ごめんなさい、ごめんなさい」

痛みは僕に辛さしか与えない。ただただあの人の怒りが収まるのを待つしかない自分の立場に涙が零れ落ちそうになったが、泣いても許されはしないということも僕にはよくわかっていた。

ひとしきり僕を鞭で打ったあと、あの人はまだ不機嫌な顔のまま僕に裸になれと命じた。

「はい……」

迅速に動かなければ怒られるとわかっていても、痛みが僕の手足をちぢこまらせ、なかなか思うように身体が動かない。

それでもなんとか裸になってあの人の前にひれ伏すと、今度はあの人は僕に、身体を起こせと命じた。

「待っていなさい」

憮然とした顔のままあの人が僕にそう言い置き、扉の向こう、あの人の寝室へと消えてゆく。何かまた僕を虐《いじ》める道具を取りにいったのだろうと想像しただけで僕の身体は震えてきてしまったが、逃げ出すことはできないのだった。

五分も待たされただろうか。扉が開いたとき僕は、あの人の手の中にある小さな器具のあまりの多さにぎょっとし息を呑んでしまった。

「今日はとびきりの飾り付けをしてあげよう」

五分のうちにあの人の機嫌は随分と上向いたようだ。歌うような口調でそう言うと、僕に立ち上がるように命じた。

「まずは乳首だ。これをつけてあげるから、摘《つま》んでいなさい」

大きなクリップを示され、僕はまたぎょっとし息を呑んだ。あんな重そうなものを下げられたらどれだけ痛いか、想像しただけで悲鳴を上げそうになったが、勿論拒否することはできなかった。

言われたとおり、乳首を摘み上げると、あの人はまず右胸にそれを嵌め、わざと勢いよく離した。

「……痛っ」

乳首が下へと強く引っ張られる痛みに、僕は耐えられずに悲鳴を上げてしまった。

「さあ、左だ」

僕の悲鳴などには少しもかまわず――かえってあの人はそれを喜んでいるようだった――楽しげに笑って僕に左の乳首を摘むよう命じた。

「よく似合う」

左も乱暴につけたあと、あの人は満足そうに笑った。鎖で繋がれた乳首クリップを両胸に嵌められ、じんじんとした痛みが持続する辛さに、唇を噛んで耐えていた僕は、続いてあの人が取り出したものを見て、泣き出しそうになった。

「胸の次はお尻だ。四つん這いになりなさい」

あの人の手の中には、小さな卵形のローターが三つも乗っていた。三つも挿れられたらどうなることか、と思いはしたが、拒絶することはやはりできなかった。

言われたとおりに後ろ向きになり、四つん這いの姿勢をとる。

「さあ、まず一つめだ」

歌うような口調であの人がそう言い、僕の尻の肉を掴む。

「ジェルでぬらしてあげたよ」

「あ、ありがとうございます。光栄です」

礼を求められているときに礼を言わないと、あの人の機嫌は悪くなる。実際ありがたいことなど何もないのに僕はそれはへりくだった口調でそう言い、反対を向いてはいたが頭を深く下げた。

「ようやく躾がなってきたな」

あの人がまた満足そうに笑う。お気に召してくださったのだと、僕はほっと安堵の息を吐いたのだが、安堵などしている場合ではないことがこれから行われようとしていた。

「まずはひとぉつ」

言いながらあの人が僕の後ろにローターを一つ挿入する。

「ひっ」

いきなりぐい、と奥までつっこまれ、堪らず悲鳴を上げた僕の声にかぶさるように、明るいあの人の声が響いた。

「ふたあつ」

続いて二つめのローターが挿入される。ぶるぶると振動する二つのそれが僕の中で暴れている、内壁への刺激が僕の身体にいつもの変化を与えはじめ、じんとした熱が後ろにこもってきてしまった。

「みっつ」

そんな自分の身体に嫌悪の念を抱いていた僕の耳にまた明るいあの人の声が響き、後ろに三つ目のローターが挿入される。

いくら小さいものだといっても、三つのそれを納めるほど、僕のそこは深くなかった。

「や……っ」

三つのローター、それぞれが振動しながらぶつかり合い、今にも最後に挿れた一つが飛び出しそうになる。

「これから出かけるのに、これでは粗相をしかねない。本当にお前は仕方のない犬だ」

やれやれ、とわざとらしくあの人が溜め息をついてみせる。

「も、申し訳……っ……あっ……」

謝りたいのに、ローターの刺激が僕から声を奪う。あの人はまた「仕方がない」とわざとらしい溜め息をつくと、僕の上に覆い被さってきた。

「これで栓をしてやろう」

「あ、ありがとうございます」

あの人が手にしていたのは、アナル用の拘束具だった。嫌だ、と叫びたいのに僕の口から出たのは感謝の言葉で、おかげで怒られずにはすんだものの、身体は更に辛い状態に置かれることとなった。

「さあ、立ちなさい」

拘束具をしっかりと嵌められたあと、あの人がなんでもないことを命じるようにそう告げる。

「か、かしこまりました」

栓をされてしまったせいで、ローターは出口を失い、僕の中でこれでもかというほど暴れ回っていた。立つことなどとてもできそうになかったが、できないと主張することは僕には許されていなかった。

両手を突き、なんとか身体を起こす。と、今度は乳首を引っ張るクリップの重さがまた僕の身体に熱をともし、全身が熱く震え始めた。

「ああ、すっかり勃起させて。本当にお前はお行儀が悪い」

気持ちの上では辛いばかりだというのに、僕の雄は彼の言うとおりに勃ちきり、先端からは透明な液を滴らせている。

なんという浅ましい身体だ、と僕は情けなさのあまり泣きそうになったが、いきなりその雄をぎゅっと掴まれたのには泣いてなどいられなくなった。

「粗相をしないよう、縛りなさい」

僕の雄を掴んでいないほうの手であの人が僕に差し出してきたのは、黒い革紐だった。

「しっかり縛るんだよ」

あの人が優しげに目を細め微笑んでみせる。顔は微笑んでいたが綺麗なその目は少しも笑っていない。あの人の黒い瞳の中には深遠たる闇が広がっている。常に僕を恐怖のどん底に陥れる闇を前にしてはすべての命令に従うより道はなく、僕は震えながらあの人から革紐を受け取ると、それで自身の雄の根本をきつく縛った。

「よくできたね」

加減をしようなどとはとても考えられなかった。痛みを覚えるほどに強く縛ったのがあの人のお気に召したようで、声に笑いがこもる。

ああ、よかった、と思ったのもつかの間、あの人はご褒美だと竿にもローターをくくりつけたあと、笑顔のまま僕に今度は自分のトレンチコートを差し出した。

「さあ、でかけよう」

「…………」

無理だ——立っているのさえやっとだというのに、外になど出られるわけがない、と言えるものなら言いたかったが、僕に許されている言葉はただ一つ、

「かしこまりました」

そう、了承の言葉のみだった。

「早く着なさい」

あの人がそれは優しい口調で僕を促す。がくがくと震える足を踏みしめ、なんとかコートを羽織ると、あの人が近づいてきてコートの前を合わせてくれた。

「あ、ありがとうございます」

きゅっとベルトを紐のように縛られたとき、クリップをつけられた乳首と勃起した雄の先端がコートの裏地に擦れ、大きな声を漏らしてしまいそうになった。喘げ、と言われたとき以外に喘ぐと、あの人の機嫌は悪くなる。僕は奥歯を噛み締め漏れそうになる声を堪えると、深く頭を下げあの人に礼を言った。

「またあのポルノショップに行ってみよう」

あの人がにっこり微笑み、僕の背を促そうとする。

「……はい……」

晴れやかにすら見える彼の笑顔ではあったけれど、やはり綺麗なその目は少しも笑っていなかった。

ポルノショップ、という単語があの人の口から漏れたとき、僕の脳裏に亨の友人だというあの親切な店員の顔が浮かんだ。

「お前はあの店員を随分気に入ったようだからね」

まるで僕の頭の中を覗いたようなタイミングで、あの人の声が響く。

「そんな……」

「今日はあの店員にアナルバイブでも頼もうか。お前は何が欲しい？」

気に入ってなどいない、と僕は首を横に振りたかったが、身体中に与えられる刺激のせいで、声を発することはできなかった。頭の中も靄《もや》がかかったような状態で、何も考えることができなくなる。

気に入っているだなんて、そんな――。

確かにあのとき、親切な人だとは思ったけれど、気に入るだの入らないだの、考えたことは――なかった、と言い切れないのは、頭がぼんやりしているためか。それとも他に理由があるのか。

駄目だ、彼は亨の友達だ。できればこの先二度と会いたくない相手だというのに、なぜ僕の胸はこうも高鳴り、身体が熱してきてしまうのか。

身体が熱いのは、乳首を、アナルを、ペニスを攻め立てている器具のせいだ。だから胸が高鳴るのだし、思考力も落ちるのだ。

しっかりしろ、と己に言い聞かす僕の脳裏に、彼の爽やかな瞳の幻が過ぎる。

清廉という言葉があああも相応しい瞳はないのではないかと思われる、綺麗に澄んだあの人の瞳が——。

「それだけおめかしをさせてあげたんだ。美月、お前も嬉しいだろう？」

そのときあの人の笑いを含んだ声が響き、清廉な瞳の幻をかき消した。一体何を考えていたのだか、と動揺する僕の耳にまた、悪魔のようなあの人の声が響く。

「思う存分、あの店員の前で乱れるといい。きっと彼も淫らなお前を気に入ると思うよ」

「……ちがいます……」

この折檻は僕の頭の中まで支配したいあの人が僕に課した罰——頭の中をあの人でいっぱいにしておかなかった、僕への罰だったのだと、今更のように僕は気づいた。

僕はあの人の所有物——あの人の犬。

あの人以外の人間に目を向けることも、話しかけることも——否、そればかりか、頭の中で考えることも許されていない、あの人の犬なのだ。

その掟を破ったことを、あの人は酷く怒ってる。許してもらえるだろうかという不安で僕の胸は今押し潰されそうになっていた。

あの人の機嫌を取り結ばなければ——そのためならなんでもするという決意は、随分前に僕が抱いたもののはずだった。

それが僕にできる最良のことだと思っていた。なのに今なぜか僕の胸は、後悔の念で疼くのだ。

今更――本当に今更のことだと思う。この数ヵ月、屈辱と恥辱に塗《まみ》れた日々を送ってきたというのに、なぜ僕は今頃になって自分の選択を悔いているのだろう。

「さあ、美月、行こう」

あの人の優しげな声がし、ぐっと背中を押される。声とは裏腹の乱暴な所作によろけた僕の身体の中では、三つのローターが出口を求めて暴れ回り、乳首を挟んだクリップが揺れて敏感なそこを刺激する。

もう駄目だ――何もかもを投げだしたくなる衝動がわき起こり、身体の中に充満していくのがわかる。あの人の手を振り払い、身体を攻め苛む器具から解放されたい、もうこんな生活から逃げ出したいという強い願いを抱いた僕の頭にまた、彼の清廉な瞳の幻が過ぎった。

こんな生活から逃げ出したい――今までこうも切実に願ったことなどなかったというのに、僕はどうしてしまったのだろう。

僕はあの人の犬なのに。あの人の所有物なのに。

Illustration ERII MISONO
★ 2007/08 ★
毎月28日頃発売
LAPIS NAVIGATION
さらにクールで刺激的な恋を求めて
f-LAPIS
「指先の愛撫」 佐々木禎子 イラスト／石原 理
「帝王の犬～いたいけな隷属者～」 愁堂れな イラスト／御園えりい
LAPIS more
「氷のナース♥秘愛中」 バーバラ片桐 イラスト／桜川園子

本文抜粋

指先の愛撫

佐々木禎子　イラスト／石原理

泣いてねだるまで　この夜は、終わらない

食器棚と行久に挟まれた格好になり、美樹は全身を固くさせる。食器棚のガラス戸に、真剣な表情の行久の姿が映っている。

黙り込んでしまったら、行久がもう一度、怒ったように聞いてきた。

「なんで帰るんだ？」


美樹は思わず下を向いた。スリッパを履いた足もとを凝視する。この足がつまずかなければ、あんな事態にはならなかったのではと思うと、スリッパと我が足が恨めしい。

「あなたがキスをしたからです」

佐々木禎子先生のコメント

大人たちのしっとりした恋愛を目指して書きました。楽しんでいただけると嬉しいです。

帝王の犬～いたいけな隷属者～

愁堂れな　イラスト／御園えりい

こんないやらしい僕を見ないで…！

俺は美月がぐったりしているのをいいことに、彼の身体を己の胸で支えると、両手を彼の雄へと延ばし、根元を縛っていた革紐を解き始めた。

「やめて……っ」

消耗しきっていた美月が、ぎょっとした声を上げたとき、革紐がはらりと床へと落ちた。

「あぁっ……」

途端にぴゅっと白い精液が宙を舞う。

愁堂れな先生のコメント

『帝王』にいたぶられている『犬』を救い出すというお話です。いつも以上にHシーンを頑張りました（照）。

ト共通）　発行:プランタン出版　発売:フランス書院　〒112-0004　東京都文京区後楽1-4-14

電子書籍

BLサプリ★プラチナ&ラピス

au公式コンテンツにプランタン出版のサイトが登場!


ラピス文庫、プラチナ文庫の最新情報はもちろん、人気作品のダウンロード販売もあり!

ラピス文庫、プラチナ文庫の全作品検索もできて、全作品の立ち読みも無料。

ここでしか読めない書き下ろしweb小説や、オリジナル待ち受けも楽しめます。

更新は毎週金曜日。ラピス文庫は毎月第1、第3金曜日、プラチナ文庫は毎月第2、第4金曜日に各2作品ずつコンテンツを追加中です。

好評配信中!!

★ 佐々木禎子	その夜、ぼくは盗まれた
★ 末吉ユミ	アンバランス×サディスト
★ 鈴木あみ	愛妾綺譚～甘く狂おしい夜に～
★ せんとうしずく	素直じゃないなら最後まで! 冷たいアイツの熱いキス
★ 鷹野 京	いとしのテディ・ボーイ
★ 高峰あいす	愛されたくないときもあるッ
★ 月上ひなこ	熱い吐息の挑発 甘い吐息の裏切り
★ 本庄咲貴	恋に手錠はいらない
★ 松岡裕太	愛ノシツケ 誰にもあげない!
★ 水島 忍	甘くておいしい生活指導
★ 夢香雅	恋は拳でわからせろ!
★ 若月京子	ナイショの時間 過激に愛して

その他、人気作品多数配信中!!

「BLサプリ★プラチナ&ラピス」へのアクセス⬇

EZトップメニュー ▶ カテゴリで探す ▶ 電子書籍 ▶ 小説・文芸 ▶ BLサプリ★プラチナ&ラピス

LAPIS more

氷のナース♥秘愛中

バーバラ片桐　イラスト／桜川園子

俺がたっぷりと汚してやる

「右だけでいいですか？　それとも、両方？」

わざわざ尋ねられるのが、恥ずかしい。

頬を真っ赤に染めながら、槙は唇を震わせた。

「ひだり……も……っ」


両方、恥ずかしい状態にされる。

ゆっくり突き上げられながら、石井の指が両方の乳首をつまんだ。指をすりあわせるように揉まれ、さらにぎゅっと引っ張られる。

バーバラ片桐先生のコメント

氷のナースです。ちょっぴり不器用で一生懸命なナースが幸せになるまでの様子を見守ってくださいね♥

http://www.printemps.jp（プランタン出版WEBサイト／プランタン出版モバイルサ

そのような願いを抱くことなど、許される人間ではないのに。

僕は——。

僕はあの人の犬。あの人が僕に飽きて捨てるまで、あの人の犬で居続けるしかない。己に言い聞かす自分の声が耳の中に響いている。

不満に思うことなど、逃げ出したいと願うことなど許されない。許されるはずはないのだ、と必死に僕は何度も心の中で繰り返す。

僕はあの人の——犬。あの人のことだけで頭の中をいっぱいにしていればいい、あの人の所有物なのだ、と繰り返し繰り返し自分に言い聞かせ続ける。

決してそれ以外のものになろうなどという、かなわぬ望みを抱かないように。

僕は——僕は、犬。犬でしかありえないのだ、と。

Side Takahito 4

　あれから俺はずっと、気づけば美月のことを考えていた。大学でも、そして夜、店番をしている間も、美月の潤んだ瞳は、駆け去っていった華奢な後ろ姿は俺の頭から離れず、俺をなんともいえない――いたたまれないとしかいいようのない思いに陥らせてくれていた。

　どうも俺には、美月が自ら望んであのような酷い目に遭わされているとは思えないのだった。真欧の仕打ちに耐えているとしか見えない彼が、なぜにそんな立場に己を置いているのか、知りたいという欲求を俺は次第に抑えられなくなってきていた。

　知るだけではない。彼を救いたいとも思った。大きな瞳に涙を浮かべ、唇を噛み締めて辛さに耐えている彼を、その辛さから解放してあげたい――強くそう願う己の気持ちに気づいたとき、そんな自分に俺は戸惑いを禁じ得なかった。

　美月は亨の兄とはいえ、俺と彼は単なる知人――というのもはばかられるような関係である。彼は店に二度来た客にすぎないのに、なぜ自分がこうも美月に肩入れしてしまっているのかがわからない。

第一彼が『嫌がっている』というのは俺の想像にすぎず、本人に確かめたわけでもないのに、こんなにも熱く彼を『救いたい』と思うなど、馬鹿馬鹿しいにもほどがある。

頭ではそうわかっているのに、気づけば俺は美月のことを考え、なんとかできないものかと思いを巡らせている。本当に俺はどうしてしまったのか、と溜め息をつきはしたものの、頭のどこかではその理由に気づいていた。

気づいて尚、気づかぬふりをしている自身の心理もわかってはいたが、どうにも認める勇気がないのだ、と己の不甲斐なさにまたも溜め息をついたそのとき、店の自動ドアが開く音がした。

また客か――なぜか今日は客足が途絶えず、八時に開店してから立て続けに接客をしていた。どうもネットか何かでこの店のことが話題になったらしい。客たちが購入していくのが俺が当たることと見込んで仕入れた商品だったのはそれなりに嬉しくはあった。他に気がかりなことがないときだったら、喜びは更に大きかっただろうが、などと思いながらちらと入ってくる客を見やった俺は、そこに思いもかけない姿を見いだし「あ」と声を上げていた。

「…………」

入ってきたのはなんと、今まで俺がさまざまな思いを馳せていた美月だった。連れは——真欧はいないようで、服装も裸にコートなどというものではなく、シャツにジーンズという普段着である。そんな格好をすると彼はますます幼く、まるで高校生のように見えた。大きな紙袋を提げた彼が俯いたままカウンターへと近づいてくる。

「いらっしゃいませ」

通常、客に声などかけないのに、他に言葉が見あたらず、俺はついそう声をかけてしまった。

「……すみません。あの……」

青白い顔をした美月の表情はどこまでも硬い。先ほどの俺の声は、緊張のあまり掠れてしまっていたのだが、美月の声もまたのどにひっかかったような掠れた声で、その上酷く震えていた。

駆けるようにしてカウンターへと近づいてきた美月が、手にした紙袋を俺へと差し出してくる。

「これ、どうもありがとうございました」

「……あ……」

一瞬、なんだろうと思ったが、すぐに昨日貸した服かと気づいた。受け取り、ちらと中を見ると、洗濯し、アイロンがけをした上で綺麗に畳んでくれているようである。

「……それじゃあ……」

小さく頭を下げ、美月が踵を返そうとする。

「あの、すみません」

その背に向かい、俺はほとんど考えることなく、声をかけてしまっていた。

「……はい？」

美月の足が止まり、身体ごと彼が俺を振り返る。

「……あの、ありがとうございました。洗濯もしてくれたみたいで」

彼の表情は相変わらず硬く、眉間にはしっかり縦皺が刻まれていた。俺とのかかわりをきっぱりと拒絶しているのがその表情から窺えていたにもかかわらず、俺は言葉を続けていた。

「アイロンもかけてもらってるし」

「……どうかお気遣いなく」

美月はやはりきっぱりと俺との会話を遮断した。震える声でそう言い、深く頭を下げるとまた彼は振り返り、ドアへと向かってゆく。

「あの、美月さん」

今まで俺は、迷惑がられているのがわかっている相手に、こうも強引にかかわりを持とうとしたことがなかった。フィーリングという言葉を使うのは気恥ずかしいが、相性の善し悪しはあると思うし、相性の悪い相手と無理に付き合う必要は、仕事上はともかく学生としての俺にはほとんどない。

美月との相性がいいか悪いかは別として、彼が俺とのかかわりを避けようとしている以上、声をかけ続けることは彼を不快にさせるだけだろうに、話しかけずにはいられない気持ちに俺は陥ってしまっていた。

「……はい」

今度は美月は身体ごとは振り返らなかった。肩越しにちらと顔を向けただけで、今にも店を出そうになっている。

「よかったらこれから、メシでも食べにいきませんか？」

あまりにも迷惑そうにされてしまったため、焦った——というわけでもないのだが、我ながら唐突だと思われるこの誘いは、美月を相当驚かせたようだった。

「え？」

目を見開いた彼の身体が俺の方へと向けられる。

「洗濯のお礼と、あと、ちょっと話がしたいんですが」

誘い続けながら俺は、多分美月には断られるだろうと覚悟していた。彼の身になってみれば、自分のあられもない姿を見られている男と——しかも弟の友人と、好き好んで共に食事などしたくはないだろう。

食事はともかく彼とは話がしたかった。どうしてあんな非情な仕打ちを大人しく受け止めているのか、それを本人に確かめたかった。

だが、実際尋ねたとしても、彼が単なる顔見知りにすぎない俺などに、正直なところを話してくれるとは思えない——ということも、俺は充分理解していた。

それでも聞かずにはいられないという気持ちを抑えることができないでいた俺の目の前で、美月の顔色は更に白く、眉間の縦皺は更に深くなっていった。

「……あの……」

あまりに彼の顔色が悪いため、貧血でも起こすのではないかと心配になり、かけた俺の声と、

「……それは、脅迫ですか」

硬い表情のまま、美月が告げた声とが偶然重なった。

「え？」

何を言われたのかわからず、問い返した俺の前で、美月が深い——肺の中の息をすべて

吐き出したのではないかと思われるような、深い溜め息をつく。

「……わかりました。どこへでもお付き合いします」

きつく俺を睨みつけ、美月が低い声でそう告げる。敵愾心《てきがいしん》を持たれる覚えはないのだが、と俺は動揺しつつも、思わぬ彼の了承は正直嬉しく、

「少し待ってください、今、店を閉めますので」

自分でも少し浮かれすぎかと思われるような声でそう言うと、大急ぎで閉店の準備をし始めた。

こんな客足のいい日に営業時間内に店を閉めるなど、するべきではないとは思ったが、美月を深夜二時まで待たせるのは悪いと、俺は彼との食事を優先した。こんなことが父に知れたら経営者としての自覚がないと酷く叱責されただろうが、今の俺にとって、アルバイトの店よりも美月との会話のほうが、比べものにならないほどプライオリティが高かった。

十五分ほどで支度を終えると、俺は彼を車に乗せ自宅近くの駐車場まで走らせるとそこに車を駐め、駐車場から徒歩十分程度のところにある行きつけの中華料理店に連れていった。

車中では美月は、一言も言葉を発しなかった。俺も『話がしたい』と言った割には何を

話したらいいのか迷い、結局無言のまま車を走らせてしまった。

駐車場で彼を降ろすと、美月は一瞬不思議そうな顔になり、中華料理店では更に不思議そうに俺を見た。

「中華、嫌いでしたか？」

好みの料理を聞いてからにすればよかったか、と頭をかいた俺に、美月は、「いいえ」と首を横に振ったあと、初めて笑顔らしきものを浮かべてみせた。

「どこに行くのだろうと思っていたので……」

「ああ、すみません。どうせ飲むかと思ったら、近所のほうがいいと思ったので。車だったし」

ここまで言ったところで、勝手に『飲む』と決めつけては悪かったかと気づき、俺は慌てて美月に問いかけた。

「いや、飲むと決めていたわけじゃないです。飲みたくなかったら飲まなくても勿論……」

「大丈夫です。あまりアルコールには強くないけど、ビールくらいならお付き合いできます」

今度美月は、はっきりと『微笑んでいる』のがわかるほどに、笑ってくれた。何がおかしいのか今一つわからないものの、どうやら彼の中での俺への敵愾心が薄れているようだと感じられることにはほっとする。

「あまり綺麗とはいえない店ですが、メシは美味《うま》いです。肉、魚、何がいいですか?」

「なんでも食べられます。西大路さんのお好きなもので」

遠慮しているのか、美月は自分から、これ、というオーダーはしなかった。馴染みの店の主人に適当に数品注文し、ビールで乾杯する。

「急に誘ってすみませんでした。用があるかないかも聞かずに……」

やたらと喉が渇いていた俺はすぐに一杯目のビールを空け、手酌で二杯目を注いだのだが、美月は俺に気を許していないのか、はたまた、本当に酒に強くないのか、舐める程度で少しもコップの中身は減っていなかった。

「用事はありません。大丈夫です」

それでも笑顔を返してくれた美月に、この程度なら大丈夫かと少しずつ彼との距離を探りつつ、俺は話しかけていった。

「あの、美月さんはおいくつなんですか」

「二十四です」

答えてくれた年齢にはとても見えないと言いかけたものの、不快に思うかもしれないと言葉を飲み込む。

「俺は亨と同い年で、今年二十歳になりました」

「そうなんですか。大人っぽく見えるので、同い年くらいだと思っていました」

美月が驚いたように目を見開く。そういう顔も愛らしく、とても年上には見えない。それでも四つも上なのだから、と思い俺は、

「あの、美月さん」

ある提案をしようと声をかけた。

「はい？」

「美月さんのほうが年上ですし、丁寧語で話さなくていいですよ」

「……」

美月はまた一瞬驚いた顔になったが、すぐに笑みを浮かべると、俺にこう返してきた。

「それなら西大路さんも、僕に敬語を使わなくてもいいですよ」

「え？」

「……なんだか居心地が悪くて。普通に話してください」

戸惑う俺に美月はそう言ったあと、

「あ」

しまった、という顔になり口をおさえた。

「どうしました?」

「……言ってる僕が丁寧語だと思って」

苦笑する彼に、俺も思わず笑ってしまう。

「俺もだ」

「……普通に話そう」

互いに目を見交わし笑い合ったあと、美月はコップに口をつけ、こくこくとビールを飲んだ。

そうこうしているうちに次々と料理が運ばれてきて、二人して食べ始めたのだが、美月はいちいち「本当に美味しい」と目を見開き、連れてきた俺を喜ばせた。

「亨もこの店のファンなんだ。特に皮蛋豆腐《ピータンどうふ》が好きなんだけど、食べてみる?」

共通の話題は、店での出来事以外は亨のことしかない。真欧のことを持ち出すのはまだ時期尚早かと俺は、美月と親交を深めようと亨の話題を振った。

「亨が?」

食べてみたいな、という美月のリクエストに、店の主人に追加のオーダーをする。

「西大路君は亨とはどこで知り合ったの?」

と、今まで話しかけるのは俺ばかりだったのに、ようやく気を許してくれたのか、美月から俺に話を振ってくれた。

「三ヵ月くらい前に、下北沢の小劇場で。二度同じ芝居を観たんだけど、二回とも亨と隣の席になったんだ」

「そんな偶然があるんだ」

俺の話に美月は驚いたように目を見開き、へえ、と感嘆の声を上げた。

「二度目に会ったときに、お互い偶然に気づいて、それで飲みに行って意気投合したんだ。亨とは好きな舞台の趣味も合ったし……」

「それはいいね」

美月の相槌《あいづち》は、ごくありふれたものだったのだが、なぜか俺の耳にはその声に、羨望が込められているように感じた。

「……あの？」

美月の表情もどこか遠い目をしているように見え、どうしたのだと問いかけようとしたのだが、同時に美月は我に返った顔になり、あたかも何事もなかったかのように俺に笑いかけてきた。

「西大路君も劇団に入ってるの？」

「いや、観劇が趣味なだけの大学生。とても舞台に携わる才能はないよ」

「そうかな。ハンサムだからてっきり役者の卵だと思ったけど」

「ハンサムって」

世辞かと笑い飛ばそうとしたが、美月がきょとんとしているところを見ると、どうも本心だったらしい。気づいた途端に俺の頭にカッと血が上ったが、待てよ、と俺は美月が俺を役者の卵だと勘違いした原因に気づいた。

「あ、もしかして、俺があの店でバイトしてるから？」

普通の大学生は趣味に走ったSMショップでバイトなどしないだろう。だから彼は俺を役者の卵だと勘違いした——と思い、店の話を出したのだが、途端に美月の顔が曇ったのに、俺はしまった、と心の中で舌打ちした。

せっかくうち解けてきたのに、店のことを持ち出したために美月は心を閉ざしてしまうかもしれない。店内での出来事はこの場に持ち込むべきことではないのだし——と思いはしたものの、本来の目的は彼に事情を聞くことだったじゃないか、と今更のことに俺は気づいた。

まったく、どうかしていると自分のぼんやりさ加減に呆れてしまう。余程俺は美月が笑顔を向けてくれたことが嬉しかったのかと呆れたはずの俺の頬は、なぜか熱いままだった。

酔いのせいにするには速すぎる鼓動をもてあましつつも俺は、その「本来の目的」のために敢えて店の話を続けることにした。

「あの店は親父の店なんだ」

「え？」

俯いていた美月が、驚いたのか顔を上げる。

「ウチの親父、風俗やパチンコのチェーン店を経営してててね。将来のために店の経営を現場で学べって、今から仕込まれてるんだよ」

「……そうなんだ」

興味がないのか、それともやはり店の話は避けたいのか、美月の表情は硬いままで、話にもそう乗ってこなかった。やはり店の話題を出したのは失敗だったか、と後悔の念を抱きつつも、今更話題を変えるのも不自然かと俺は話を続けていった。

「先月まではパチンコ店でバイトしてた。やっぱり現場はいろいろ勉強になる。知れば知るだけ深い世界だと思ったよ」

「……そうなんだ」

やはり美月の相槌は力ない。ここは話題の替え時か、と俺がまた亨とのことでも話そうかと口を開きかけたとき、

「……さっき話したいって言ってたよね」

酷く思い詰めた顔をした美月がじっと俺を見据えて問いかけてきた。

「え？」

『さっき』というのがいつだかわからず問い返した俺に、美月が硬い表情のまま問いを重ねる。

「……話ってなに？　あの店でのこと？　それとも、円城先生のこと？」

それまで笑みに綻んでいた美月の頬は緊張してるのか引き攣《っ》れ、酔いで紅潮していた頬は真っ白になっていた。

「あの……」

確かに話したかったのはそれらのことなのだが、一体彼は何をそうも思い詰めているのだろうという戸惑いから口ごもった俺をまっすぐに見据えたまま、美月がまた口を開く。

「店でのことを黙っていてもらうためには、僕は何をしたらいい？」

「なにって……」

問い返した次の瞬間、俺は、ようやく美月の『誤解』に気づいた。

「……あの、もしかして……」

そういえば彼は俺が『話をしたい』と言ったとき、『それは脅迫か』と意味のわからない言葉を口にしたのだったと思い出す。

美月が俺の誘いに乗ったのは俺に気を許したためではなく、自分と真欧とのことを――バイト先で俺が見たすべてのことを喋《しゃべ》られたくなかったためだった。

美月は俺が何を要求すると思っているのだろう。金か、身体か――どちらにせよ、彼の目には俺はそういう男に映っていたわけだと思うと、不意に怒りが込み上げてきて、俺は思わず口を閉ざした。

「…………」

我知らず俺の口から、大きな溜め息が漏れる。それを聞き、目の前の美月がびくっと身体を震わせたのがまた腹立たしく、俺は我ながらぶすっとした口調で自分にはまるでそのつもりがないことを説明し始めた。

「何か誤解をさせたのなら悪いけど、俺はそういうつもりはないから」

「…………」

意味がわからなかったのだろうか、美月が伏せていた顔を上げ、おどおどと俺を見返してくる。

「だから、別に脅迫とかそういうんじゃないから。俺は単に、美月さんがいやいやあんなことをやらされてるんじゃないかとそれが心配になっただけで、脅迫しようとか、そういうことを考えたことはないから」

「……あ……」

これ以上の誤解がないよう、はっきりと自身の心情を述べたおかげで、美月はようやく俺が何を言いたいのかを察したようだった。彼の頬がみるみるうちに紅くなり、大きな瞳が潤んでくる。

「……ごめんなさい……僕はなんて失礼なことを……」

声にも涙が滲んでいるのがなんとも痛ましく、むっとしていたはずなのに俺は、慌ててフォローに回っていた。

「いや、失礼とも思ってないから。余計なお世話だってこともわかってるんだけど、なんだか気になってしまって」

「……ごめんなさい……」

俺がいくらフォローしても美月の罪悪感は薄れてはいかないようで、何度も何度も「ごめんなさい」と繰り返し、頭を下げ続けた。

「だから謝らなくてもいいんだけど、無茶されてるかどうかだけ教えてもらえないかな」

謝ってもらいたくて言ったのではない、知りたいのはそれだけなのだ、と俺は彼が謝るたびに美月に問いかけたのだが、美月はただ「ごめんなさい」と繰り返すだけで、俺の問いに答えようとはしなかった。

「もう謝らなくてもいいよ」

答えがないということが、彼の『答え』なのだろうと俺は考えることにし、彼の謝罪を打ち切った。このままでは埒が明かないと思ったのと、謝り続ける彼がもういたましくて見ていられなくなったためだ。

「誤解も解けたことだし、飲もうよ」

今までの会話はすべてなかったことのようにして流し、俺は敢えて明るい声を出すと、ビール瓶を美月に掲げてみせた。

「……あ……」

何か言いかけた美月にかまわず、俺は彼のコップにビールを注ぐと、手酌で自分のコップにも注ぎ、「乾杯！」と強引にコップを合わせる。

「……乾杯」

美月は一瞬ぽかんとした顔になったが、黙っているのも悪いと思ったのか俺に声を合わせてくれ、俺につられたようにビールを一気に呷った。

「そういや美月さんは今何してるの？」

会話を新たに構築しようと俺が問いを発したのに、美月は戸惑いながらも答えてくれた。

「劇団に勤めてる」

「え？　美月さんも役者なの？」

問いながら俺は、こう言っちゃなんだが、亨よりも美月のほうが舞台映えするのではないかと思ってしまっていた。

美月も亨同様、いや、それ以上に線は細いが、彼にはなんというか、人を惹きつけずにはいられない魅力――華があるのだ。

小柄ではあるし、華奢でもあるのだが、美月が舞台に立てばさぞ舞台映えすることだろうと思いつつ問いを放った俺の予想は外れた。

「ううん、裏方をやってる。主に脚本の清書とか……」

「そうなんだ。なんだかもったいないな」

別に世辞を言おうとしたわけでなく、思わず本心が口をついてしまったのだが、俺の言葉に美月は「何を言ってるんだか」と久々に笑顔を見せた。

「いや、美月さんは華があると思って」

「華なんかないよ。第一人前に出るのは苦手だし」

美月が苦笑し、俺が新たに注いだビールに口をつける。

「あると思うけどな。一度も役者になろうとは考えたことない？」

「ないよ。亨が劇団に入るまで、演劇とは本当に無縁だったし」

美月の答えに、俺はひっかかるものを感じた。

「もともと演劇に興味があったわけじゃないんだ？」

「……まあね」

演劇に興味がないのに、なぜ美月は劇団に勤めているのか――突っ込んで聞いてみたいと思う俺の前で、美月の表情が曇る。

「劇団って、『劇団魔王』？」

「ああ」

「いつから勤めてるの？」

「……半年くらい前かな」

「それまでは何を？」

「……翻訳の仕事を……」

美月の口がどんどん重くなるのがわかり、俺は問いを重ねるのをやめた。まるで尋問しているような雰囲気に、俺自身が耐えられなくなったのだ。

「翻訳っていうと、英語？　俺は英語がからきしで今、苦労してるんだ」

「……」

話題を変えようとしたのを察したのか、美月が顔を上げ、ちらと俺を見る。

「輸入品が多いんだけど、なかなかこちらの意思が輸入元に伝わらない。価格交渉とか納期とか。もっと真面目に英語を勉強しておけばよかったと思うよ」

「……大学では何を専攻しているの？」

美月がおずおずと俺に問いを発する。

「経済学部。どちらかというと理系のほうが得意なもので、レポートとか苦労してる」

「どうして理系に進まなかったの」

美月にとっても、話題が俺に逸れるのは有り難かったようで、またも彼から問いが発せられたのを、俺はきっちり受け止め会話を続けた。

「親父のあとを継ぐ必要があったから……親の敷いたレールの上を進むことに昔は抵抗があったけどね」

「西大路君は長男なんだ」

「うん。その上一人っ子。なので逃げようがなかったというか……親のあとを継ぐことに関してはもう、子供の頃から納得してたんだけど、亨と知り合ったことでちょっとぐらついたよ」

「亨と？」

美月が綺麗な目を見開く。表情の変化に俺は、ああ、今までの俺に関する問いかけにはそう興味を抱いていなかったのだなと改めて知らされ、少し切なくなった。

亨の名が出た途端、美月の瞳にはあからさまな変化が現れた。興味を惹かれていることがありありとわかるその瞳の輝きは、今まで俺のことを尋ねてくれていたときにはないものだった。

だからといってやさぐれるのも大人げないか、と俺はそんなことには気づかぬふりをし、会話を続けていった。

「うん。亨は夢を掴もうと一生懸命自分の足で歩いてる。俺の周りにはそれまで亨みたいな男はいなかったから……まあ、大学生なんてそんなもんだとは思うんだけど、それだけに俺も、自分のやりたいことはなんなんだろうと改めて考えたり、このままでいいのかと悩んだりした。結局は親のあとを継ぐんだろうけど、それでも敷かれたレールの上を進むんじゃなく、納得した上でその道を選ぼう、と思うようになったよ」

「……そうだね」

美月が目を細めて微笑み、大きく頷いてみせる。視線は俺に向いていたが、愛しげに細められた彼の瞳はおそらく、俺を見てはいなかった。

「……仲がいい兄弟なんだね」

思わず俺の口からそんな言葉が漏れる。美月が『見て』いたのがこの場にはいない亭であることに気づいてしまったからなのだが、当然頷くと思った美月の顔が、そのときまた曇った。

「…………」

照れたように笑うことはあっても、哀しげな表情をするとは思わなかったため、俺は慌てて美月の顔を覗き込んだ。

「なんか悪いこと言った？」

「え？」

美月は、はっと我に返った顔になったあと、やはり慌てたように「ううん」と首を横に振った。

「ちょっと酔ったみたいだ」

「それならウーロン茶でも貰おうか」

彼の顔色は青かったが、『酔った』というのは口実にしか聞こえなかった。それでも俺は彼の言うことを信じたふりをし、店長にウーロン茶を頼むと、大学の話や好きな芝居の話、それに家族の話などを続けたが、美月は微笑んで聞いてはくれていたものの、心ここにあらずといった感じだった。

「そろそろ帰ろうか」

会話もそう弾まなくなったので、食事がひととおりすんだときに美月に声をかけると、

「そうだね」

美月はあっさり頷いて立ち上がり、俺をそれなりに落ち込ませてくれた。

「送るよ」

「大丈夫。ここからなら帰り道はわかるから」

「さっき気分悪そうだったし。心配だから送るよ」

美月は固辞したが、半ば強引に俺は彼を送る了承を得た。まだ少しも俺は彼から聞きたいことを聞けていないと思ったからなのだが、たとえ家まで送ったとしても、その十分ほどの間に彼からは何も聞き出せないだろうと諦めてもいた。

結局俺は、彼が真欧との関係で無理を強いられているのか否かも確認できていない。こういう言い方はどうかと思うが、聞こうと思えば聞き出すことは可能な立場に俺はいた。美月が恐れたとおり『脅迫』して聞き出すという手もあったが、項垂れる彼を前にしてはどうしても、問いを続けることができなくなってしまうのだ。

亨のことに関してもそうだった。亨の話題が出たときの美月の反応は、弟への興味——愛情と言いかえてもいいかもしれない——を非常に感じさせるものなのに、なぜに「仲の

いい兄弟だね」という俺の言葉にああも暗い顔をしてみせたのか。

そのことも問い質したかったが、やはり美月の暗い顔を見ると問いを重ねることはできなかった。

一緒に食事をしたものの、ほとんど得るものはなかった。もう少し粘ってみようかと思い、美月を送ろうとしたわけではなく、なんというか——単に俺は、美月と別れがたく思っていた。

美月にとって俺は興味を惹く相手ではないようだ。俺が食事に誘ったのに乗ってくれたのは単に、俺が脅迫者だと勘違いしたためだった。この先、もしかしたら彼と話すチャンスもないかもしれないと思うとやりきれなさが募ったが、なぜに自分の胸がそうも熱く滾《たぎ》るのか俺は敢えて考えないようにしていた。

「亨とは二人暮らしなんだ？」

「うん」

別れがたくはあったが、何を話したらいいかわからず、俺はまた美月と亨のことに話題を振り、美月は俺の問いにぽつぽつ答えてくれた。

「ご両親は？」

てっきりどこか地方にいるのだろうと思って問いかけたのに、

「亡くなったよ」

美月の答えは俺の予想を裏切るもので、俺は思わず「ごめん」と自分の無神経な問いを詫びた。

「気にすることないよ」

美月が俺に気を遣わせまいとするように、笑顔で首を横に振る。

「交通事故だった。父が亡くなってからもう一年以上経つけど、それから亨とは二人暮らしになったんだ」

「……そうなんだ」

父が、ということは母親は更に前に亡くなっていたのか、と思ったが、やはり聞くことはできなかった。

「交通事故とは酷いね」

「……そうだね。朝元気だった人が、夜には冷たくなっているなんて、亨にとっても……僕にとってもショックは大きくて、最初はなかなか父の死を受け入れられなかったけれど……」

さすがにもう、きちんと受け止められるようにはなった、と美月は微笑み俺を見た。

「……そうだったんだ……」

「事故が百パーセント相手方が悪かったので賠償の問題はなかったし、少しではあったけれど父は遺産を残してくれたので、生活に困ることがなかったのは救いだったよ」

「……そうなんだ……」

気の利いた相槌一つ打てない自分に苛立ちを覚える。肉親の死に直面したことのない俺には、二人の悲しみを想像することしかできないが、父親を失った衝撃はさぞ大きかったことだろうし、親を失い兄弟二人で生きていかなければならなくなった状況もさぞ心細いものであったと思う。

そう思ってはいるのに、『そうなんだ』としか言えない自分の語彙《ごい》のなさにほとほと呆れたあまり俺は、思わず「ごめん」と美月に頭を下げてしまった。

「何が『ごめん』なの？」

唐突な謝罪に美月が驚いたように目を見開く。

「……いや……もっとこう、気の利いた慰めの言葉とかが言えるといいんだけれど……」

言いながら俺は、『気の利いた』という表現はよくないか、と気づき、また言い直そうとしたのだが、そのとき美月がふっと目を細めて微笑んだ、その優しげな笑みに見惚れ言葉を失った。

「西大路君は真面目で……優しいね」

ありがとう、と小さく呟き美月が俯く。

「優しくなんかないよ」

「優しいよ。温かいというのかな」

自分の足下を見ながら美月が、そんな信じられないような言葉を口にするのに、俺の頭には血が上り、心臓が早鐘のように打ち始めてしまっていた。

「……美月さん……」

呼びかける声が震えてしまう。一体どうしたことかと俺はすっかり乾いてしまった唇を舐めたのだが、

「なに？」

美月が顔を上げ、微笑んできたその可憐な笑みにはまた言葉を失い、その場に立ちつくしてしまった。

「西大路君？」

どうしたの、と美月も足を止め、俺をじっと見上げてくる。

愛しい――不意に胸に湧き起こった衝動的な思いが俺の身体を動かし、気づいたときには俺は両手で美月の華奢な身体を、力一杯抱き締めてしまっていた。

「なっ……」

腕の中で美月が驚きの声を上げ、身を竦ませたのがわかる。

「……美月さん……」

驚きのあまり声を上げることも、身動きを取ることさえできないでいる彼の身体を抱き締める俺の胸はますます熱く滾り、頬に当たるさらりとした感触も心地よい彼の髪に顔を埋めてしまいそうになった、まさにそのとき——。

「何をしている！」

聞き覚えのある高い声があたりに響いたのに、俺ははっと我に返り顔を上げた。

「……あ……」

美月もまた我に返ったのか、俺の胸を押しやり身体を離す。

「何をしてるんだ！」

気づけば俺たちは随分と美月の家のすぐ近くまで来ていたのだが、アパートから数メートルしか離れていない路上、俺と美月が目を向けた先にはなんと彼が——亨が立ちつくし、鬼のような顔で俺たちを睨みつけていた。

Side Mizuki 5

『大丈夫ですか』

店員は――亨の友人は、僕を助けてくれた。

あの人が僕の身体にいろいろと施した器具をすべて取り去ってくれた彼の手の感触が、なかなか僕の身体から去っていってくれない。

大きな――優しい手だった。長い指の、繊細な手だった。

乳首を挟んだクリップを外すときにも彼の手はそれは優しく、思いやりすら感じさせるほどに優しく動いた。後ろからローターを取り出すときにも、彼の長い指は僕の中を傷つけないように細心の注意を払ってくれていたように感じた。

『大丈夫ですか』

あんないやらしい器具を身体中につけていた僕を見るあの人の目には、穢《けが》れたものを見る厭《いと》わしさはまるで感じられなかった。

清廉な――少しの曇りもない綺麗な瞳が、じっと僕を見つめていた。

心から心配していることが窺える、温かな光を宿して――。

借りた洋服はその日のうちにすべて洗濯し、アイロンをかけた。本当はアイロンをかけ終わった時点で返しにいきたかったが、残念なことに僕は彼の家も連絡先も知らない。返しに行くことができるのは明日になる。でももしも明日、あの人が僕を呼び出したらどうしたらいいのだろう。

そしたら明後日に――だがもしも明後日もあの人が僕を呼び出したら？

僕はいつ、彼に――あの清廉な瞳の持ち主に会いに行くことができるのだろう。

会いに行く――？

自分の思考であるのに、僕は戸惑い、己の胸に手を当てじっと考える。

借りた服をこうも返しに行きたいのは、単に彼に再び会いたいからではないかという考えに至るまでにはそう時間はかからなかった。

あり得ない、と僕は必死でその考えを頭の中に押し戻す。途端に僕の身体に彼の、大きく優しい手の感触が蘇り、僕の鼓動を速くする。

僕は――おかしい。

僕はあの人の犬なのに。あの人の所有物なのに、頭の中であの人以外のことを考えることなど許される立場ではないのに。

はやく、早く服を返そう。そしてすべてを忘れよう。そうしないと僕はきっと——。

僕は犬。あの人の、あの人だけの犬。

あの人以外の手を求めるなど許されない、あの人の犬なのだ。

たとえその手がいかに温かく、優しいものであったとしても——僕にはその手を拒絶するしか道はない。

「何をしている!」

鬼のような顔で立ちつくしていた亨を前に俺は、今何が起こっているのかまるで把握できていなかった。

「亨……」

だが傍らで細い声を上げた美月に亨が駆け寄り、いきなりその頬を叩こうとして腕を振り上げたのには、はっと我に返り、

「よせっ」

慌てて叫ぶと上げた亨の右手を掴んだ。

「離せ！」

亨が今度は俺を睨み、手を振り解こうとする。

「どうした、亨！」

手を離せばまた美月を殴ろうとするのではと思うと、望みどおり離してやることはでき

ず、俺は彼の手を掴んだまま、何を興奮しているのかと尋ねようとした。

「どうしたもこうしたもない！　どうして貴人とこいつが一緒にいるんだ！」

離せよ、と亨が俺の手を強引に振り払い、その手で美月を指差す。

「こいつって、お兄さんだろう？」

指先をつきつける亨につい非難の声を上げてしまった俺を、亨は凶悪な顔で睨んだあと、今度は美月へと視線を戻した。

「こんな奴、兄じゃない！　お前は母親と一緒だ！　この泥棒猫！」

汚らわしいものを見るかのような亨の目つきと口調に驚きと怒りを覚え、俺は思わず、

「ちょっと待てよ」

と二人の間に割って入ろうとしたのだが、亨はそんな俺をキッと睨みつけるといきなり踵を返し、駆け出して行ってしまった。

「おい！　亨！」

どこへ行くんだ、とその背に声をかけた俺は、いきなり上着の腕のあたりを掴まれてぎょっとし、視線を美月へと戻した。

「早く！　早く亨を追ってくれ！」

「え？」

言われた言葉にまず驚き、続いて美月の必死の形相に驚いた俺は言葉を失い立ち尽くしてしまったのだが、美月は俺の腕に取り縋り、泣き出さんばかりに懇願し続けた。

「早く亨を追って！　頼む、彼は今とても傷ついてる」

「傷ついてるって、そんな……」

傷つけるようなことを言ったのは亨で、傷ついているのは美月なのではないかと言いたい俺の心情を察したように、美月は尚も俺の腕に取り縋る。

「僕は大丈夫だから、早く、早く亨を追って！」

『泣き出さんばかり』ではなく、まさに今、美月の頬は涙に濡れていた。

「わ、わかった……」

彼の涙を見た瞬間、俺の胸には差し込むような痛みが走り、堪らずその華奢な背をまた抱き締めそうになってしまったのだが、その彼に、

「早く」

と叫ばれ、我に返った。

「行ってくる」

行って何をすべきかもわかっていないのに、俺は大きく頷くと亨のあとを追い駆け出した。

「お願いします！」

背中に美月の悲鳴のような声が刺さる。あまりに悲愴《ひそう》な声に、何が起こっているのかまるでわからないながらも俺は必死で前方を走る亨に追いつこうと足を速めた。

「亨、待てよ！」

声が届くだろうと思われるところまで追いつくと、俺は亨の背に大声で呼びかけた。

「………」

亨が肩越しに俺を振り返り、ようやく足を止める。

「亨、どうしたんだよ」

あまり飲んではないとはいえ、走ってるうちに少し酔いも回ってきたのか、心臓が破裂しそうなほど高鳴っていた。いつも以上に乱れる息を整えながら、俺は額に滲む汗を拭い、同じように息を乱している亨の前まで歩み寄ると、問いを発した。

「…………なんで、貴人があいつと一緒にいるんだよ」

はあはあと息を切らせながら、亨がそう言い、じろりと俺を睨み上げる。

「……どうして『あいつ』なんて言うんだ？　お兄さんだろう？」

亨の問いが答えづらいものだったから、というのもあったが、何より彼の顔に憎悪としかいいようのない表情が浮かんでいるのが不思議で、俺は彼の質問を無視し、逆にそう問いかけた。

「………」

亨は暫くの間黙っていたが、それは切れた息を整えるためというよりは、喋るか喋らないかを迷っているように俺には見えた。

「亨」

知りたいという欲求が、俺に彼の名を呼ばせたのだが、それでも亨は暫くの間じっと何も喋らず、俺の足下を見つめていた。

どのくらい時間が経っただろうか。

「あいつ、何て言った？」

ようやく息も整ったらしい亨が、やたらと掠れた声で俺に問いかけてきた。

「……何って、何を？」

亨は美月のことを『あいつ』としか呼ぼうとしないし、表情はどこまでも苦々しいままである。美月が亨を思う気持ちと亨が美月を思う気持ちにはズレがあるのか、と俺は『仲がいい兄弟だ』と言ったときに美月が見せた複雑な表情を思い起こしながら、亨に問いを返した。

「僕のこと、あいつは何か言ってた？」

ったことは何もなかった。

　嘘はついていなかった。美月は俺から亨の話を聞きたがりはしたが、彼が亨について語ったことは何もなかった。それゆえそう言い、首を横に振った俺に亨は問いを重ねてきた。

「何も言ってないよ」

「僕との関係については？　ウチのことは何か言ったか？」

「……別に。父親が一年前に交通事故で亡くなって、今は兄弟二人で暮らしてるとか、そのくらいのことは聞いたが……」

「何が兄弟二人だよ」

　俺は自分がマズいことを言ってない自覚が充分あった。勿論嘘も隠し事もしてはいないのだが、自分の言葉が亨を怒らせるとはまるで予想外だったのだ。

　が、亨は吐き捨てるようにそう言うと、鬼のような顔になり、唖然としていた俺を睨みつけてきた。

「亨？」

「あいつとは兄弟なんかじゃない。兄弟であってたまるか」

　亨はもともと喜怒哀楽の激しい性格ではあるのだが、こうも怒った彼を俺は見たことがなかった。

「どういうことだ？」

憎々しげに叫ぶ亨に俺が一歩を踏み出し問い返すと、亨は余程興奮しているのか、キッと俺を睨み、おそらく感情のままに叫んでいるとしか思えない支離滅裂なことを言い出した。

「連れ子なんかじゃなかったんだよ。ほんとの兄弟だったんだよ。あいつの母親のせいで僕の母は死んだんだ。そんな奴を兄貴なんて呼べるかよ」

「待てよ、亨。まったくわけがわからない。何が言いたいんだ？」

彼のどの言葉をとっても理解不能だ、と俺は興奮する亨の肩を掴み身体を揺さぶった。

「……あ……」

ようやく我に返ったらしい亨がはっとした顔になり、数歩後ろに下がろうとする。

わめき散らしたことを後悔しているらしい彼が口を閉ざそうとする。そうはさせまいと俺はなぜか意地になり、彼の肩を掴んだ手に力を込めてしまっていた。

「亨、どういうことだ？」

「……痛いよ、貴人」

「ああ、ごめん」

亨に弱々しく呟かれ、力が入りすぎていたことに気づいた俺は慌てて彼の肩を離す。亨は俯いたまま、暫く俺が掴んだ肩のあたりをさすっていたが、やがてぽつぽつと話し始めた。

「……僕とあいつは、母親が違う……異母兄弟なんだ。でもそれをお互い知ったのは、父が死んだときだった」

「……え？」

亨は落ち着いたらしいが、やはり彼の会話の内容はよくわからない。どういうことなのだ、と問いかけた俺に、亨は俯いたまま詳細を説明していったのだが、その内容は俺のような他人が立ち入るべきではない込み入ったものだった。

亨の母親は彼が幼い頃に亡くなり、一年後、彼の父親は美月の母と再婚した。美月の母も美月も、亨のことをそれは可愛がってくれ、血は繋がらないながらも幸せな家族に恵まれていると亨は思っていたのだが、一年前、父親が交通事故で亡くなったあと、引き出しの奥深くに隠されていた日記帳を発見したときに、彼の中で『幸せな家族』像は崩壊していった。

美月の母は、父の亡くなる一年前に病死していたのだが、実は美月の母は亨の母親が生きていた頃から父と愛人関係にあり、亨の母は夫の浮気を――美月の母との不倫を知り、ショックのあまり自殺したのだということが、父の日記には記されていた。

日記には美月もまた自分の子であることも記されており、そのときまで互いに血の繋がりはないと思っていた二人は、自分たちの身体に父の血が同じく流れていることを知らされ愕然としたのだった。

「あいつの母親が僕の母を殺したようなものだ。それなのにあの女は、そんなことにはまるで口を拭って、何も知らない僕を騙してたんだ。許せない。あいつも、あいつの母親も、絶対許せないよ」

「…………」

また興奮してきたのか、頬を紅潮させ憎々しげに叫ぶ亨を前に、俺は言葉を失っていた。亨と美月、二人の兄弟の間にそんな確執があったとは――想像だにしなかった二人の関係は、俺があれこれ考えるには、なんというか、重すぎた。

安易に言葉などかけてはいけないような、重々しい問題だとは思う。亨が自分の母の自殺の原因となった美月の母を憎む気持ちに、わかると軽々しく同調すべきではないだろうし、更に、だからといって美月をも憎まずともいいだろう、などとはとても言えることではなかった。

だが、何も言わないでいることはどうしても俺にはできなかった。憎しみを抱いている亨も、憎まれていることがわかっている美月も、あまりにも痛々しい、と俺は必死で亨にかけるべき言葉を探していたのだが、

「……貴人」

その亨に名を呼ばれ、はっと我に返った。

「……なんだ？」

亨の表情にはもう、憎しみの影はなかった。かわりに彼の顔には、『不安』としかいいようのない表情が浮かんでいた。

「……貴人、僕は君が好きだ」

「…………」

酷く思い詰めた顔をし、亨が一歩を俺に踏み出してくる。

「……友達でいようと言われたけれど、やっぱり僕は君が好きなんだ」

「………亨……」

貴人がまた一歩俺へと踏み出してくるのに、どう答えたらいいのかわからず、それでいて一歩を下がることもできず、俺は呆然とその場に立ち尽くしていた。

「……僕では駄目なのか？　貴人……美月は腕に抱けても、僕は駄目なのか？」

また一歩踏み出してきた亨の目は酷く潤んでいた。問いかける唇がわなわなと震えている。

「……あれは……」

亨が言っているのは、先ほど俺が美月を堪らず抱擁してしまった、そのことを指しているのだろう。あれは違うのだ、と言い訳をしかけた俺は、頭の中で響く「どこが違うのだ？」という己の声に、うっと詰まった。

違わない——あのとき俺はたしかに、美月を愛しいと思っていた。胸に溢れるあの想いは紛《まご》う方なく、亨が俺に抱いているのと同じ『好きだ』という想いに違いなかった。

そんな——自分自身の感情を理解できていなかったなど、人に言えば信じられないと一笑に付されるかもしれないが、本当に俺はそのとき初めて自分の気持ちをはっきりと自覚し呆然としてしまったのだった。

「……貴人……」

『あれは』と言ったきり絶句した俺の胸に、亨が飛び込んでくる。

「と、亨」

「僕では駄目なのか？　貴人、どうして僕では……」

亨が俺の胸に縋りつき、何度も同じ言葉を繰り返しては泣きじゃくる。華奢な背中が震えている、彼の背中を思わず抱き締めそうになっていた俺は、自分がその背に美月の幻を重ねていることに気づいた。

「……ごめん」

抱き締めるべきではない——亨を美月の身代わりになどしてはならない、と俺は彼の肩を掴み、身体を引き剥がそうとした。

「…………貴人……」

涙に濡れた顔を上げた、亨は呆然とした表情をしていた。俺に拒絶されたことにショックを受けているのだ、と俺が察したのとほぼ同時に、亨の顔がくしゃくしゃと歪み、新たな涙が彼の目から流れ落ちた。

「亨……」

傷つけた、と思ったが、どうすることもできなかった。名を呼びかけただけの俺を亨は泣きながらもキッと睨むと、唇を噛んで顔を背け、そのまま踵を返し家への道を駆け出していってしまった。

「亨！」

追いかけなければと思ったが、追いかけたところで今度こそ、何を言ってやることもできないという事実が俺の足を止めた。

「…………」

どうしたらいいのだろう——亨の泣き顔を思い起こす俺の口から、大きな溜め息が漏れる。

どうしようもないのだ。亨の気持ちには俺は応えることができない。彼とは友情を育みたいが、愛情を育てるような関係にはなり得ないのだ。それは亨もわかってくれたはずなのだが、多分彼の理解は、俺がゲイではないから——男に恋愛感情を抱けないから、ということだったのではないかと思う。

実際俺も、自分が男に対し恋愛感情を抱くことになるとは思ってもいなかった。今まで男を好きになったことなど一度もなかったというのに、美月への想いはどう考えても『恋愛感情』としかいえないものだ。

いつ、どの瞬間に彼にそんな気持ちを抱くようになったのだろう。

なぜ亨の言うとおり、亨では駄目で、美月なのか。

「…………」

理由などわかるわけがない。恋に理由などないのだ、と俺は大きく溜め息をつくと、自分も家に戻ろうと歩き始めた。

美月がもしも無理を強いられているのだとしたら、彼を救いたいと思った、そう思った時点で俺は彼に恋してしまっていたのだろう。

亨には本当に申し訳ないとは思うが、自分の気持ちに嘘はつけない。友情なら育んでいきたい。だが彼の想いに応えることは、どうしても俺にはできないのだった。

美月は今、何をしているだろうか。とぼとぼと歩いていた俺の足が止まる。できれば彼の許を訪れ、様子を見たいと思ったが、美月と同じ屋根の下には亨がいると思うと、さすがに彼らの家を訪問することはできなかった。

美月と連絡を取りたくても、手段がまるでない。それこそ彼が店を訪れてくれないかぎり、この先二度と彼には会えないかもしれないのだ。なんとか彼と連絡を取る方法はないものかと、焦燥めいた思いに襲われたが、劇団に聞いてみるという手もあるか、と気づいた。

劇団の受付か事務に聞けば、美月の携帯番号くらいは教えて貰えるかもしれない。早速明日にでもインターネットで連絡先を調べて、と一人考えを巡らせていた俺は、そうまでして美月に連絡を取り、何を喋ろうとしているのかと改めて気づいて、また一人深く溜め息をついた。

美月は俺の気持ちに気づいただろうか。堪らず抱いてしまった彼の華奢な身体の感触が俺の腕の中に蘇る。

身動きを取らなかったのは怯えていたからだろうか。それとも、俺に抱き締められても嫌悪感はなかったということだろうか。いいように解釈をしようとしていることを自嘲しつつ俺は、それにしても、と空を見上げた。

亨は美月の母を憎み、美月自身にも憎しみを感じている。美月は亨に対しては負の感情はなく、それどころか亨のことならなんでも知りたいと全身全霊をかけているように見える。

もしかして——ふと俺の頭に一つの考えが浮かんだ。

もしや美月があの真欧の許で酷い責め苦を負っているのは、亨のためなのではないだろうか。

突拍子もない考えのようだが、馬鹿げているとは笑い飛ばせない気がした。美月は演劇にまるで興味がないのに、劇団に入り、脚本の清書などの仕事をしているという。

『劇団魔界』で脚本を書いているのは演出家の真欧がほとんどだ。

そして——。

『今度初めて役がつくことになったんだ』

目を輝かせていた亨の顔が俺の脳裏に浮かぶ。劇団で演出を手がけているのもまた、真欧だった。

「……そんな馬鹿な」

いかにも亨を馬鹿にしていると、俺は自分の頭に浮かんだその考えを首を振って払い落とそうとしたのだが、完全に振り落とすことはできず、小骨が喉に刺さったような気持ちの悪いひっかかりを残すことになった。

それを美月本人に確かめるために、明日電話をしよう。それがいい、と俺は自分の考えに一人頷いたが、聞いたところでおそらく美月は本当のことを喋らないだろうと気づいた。

それなら他に何を聞くか——意地でも美月と連絡を取りたいと思っている自分自身を持て余し、俺はまた空を見上げる。

よくよく考えれば、美月がいやいや真欧に従っているというのは俺の思い込みかもしれず、彼らは互いに想い合い、嗜好を共にするパートナーなのかもしれない。それすら確かめず一人熱くいろいろと考える愚かさにいい加減気づけよ、と俺は自分自身に舌打ちし、再び前を向いて歩き始めた。

どちらにしろ明日、もう一度美月と話そう。結局はそこに思考がいきつくことに、こりゃだめだ、と肩を竦め苦笑する。

これが恋というものなのかもしれない。ままならない思考の迷路をぐるぐると歩き回っているようで、結局は猪突猛進《ちょとつもうしん》にしか動けない。

俺は今までこんな『恋』をしたことがなかった。こうも余裕のない想いは初めてのような気がする。

恋か、といつしか足を止めていた俺はまた、星の見えない夜空を見上げた。真っ暗なこの空をなぜか美月も眺めているような気がする。

この思い込みこそが恋なのだと自嘲しつつも、美月の幻を空に思い描いていた俺の足はいつまでもその場を動かなかった。

あの人は——怒っていた。

僕が前の日に、携帯の電源を切っていたことに気づいたためだ。

「どうして電源を切っていたのかな」

裸になれと命じられ、土下座を強いられる。ピシッといつもの乗馬用の鞭が僕の肩に振り下ろされたと同時に、あの人の怒気を孕《はら》んだ声が頭の上から降ってきた。

「申し訳ありません。電池が切れていたことに気づかなかったのです」

「嘘だ」

たしかに僕は嘘を言った。携帯の電源は迷いに迷った挙げ句、わざと切ったのだった。

だが正直にそれを明かせばあの人は、理由を問うてくるだろう。ここは嘘をつきとおしかないと僕は何度も何度も頭を下げ、赦しを請うた。

「本当です、申し訳ありません。申し訳ありません」

「僕は嘘をつかれるのが何より嫌いだ。それをわかっていてお前は嘘をつくのかい？」

びゅん、という音と共に、背に焼け付く痛みが走る。

「本当です……本当なのです」

誤魔化しの通じる相手ではないことはわかっていたが、僕にはとても真実を語る勇気がなかった。

電源を切っておいたのは、彼に借りた服を返しにいくためだった。すぐに行ってすぐに帰ってくればいい。その間だけ、携帯の電源を切っておこうと思っていたのだが、誤解やら何やらで僕は彼と食事をすることになり、それからまた思わぬ出来事があり——結局僕は朝になるまで携帯の電源を切ったまま放置してしまったのだ。

「昨日、何をしていた？」

嘘をつき通そうとする僕の言葉を無視し、あの人がまた鞭を振り下ろしながら問いかけてくる。

「家に……っ」

「嘘をつかれるのは嫌いだと言っただろう？」

あの人の怒声が響き、また背中に鞭が振り下ろされる。

「……っ」

こうなることはわかっていたのに、なぜ僕は昨日、携帯の電源を切ってしまったのだろう。

どうして彼に服を返しに行きたいという思いを抑えることができなかったのか。

服を返しに、というのはただの口実にすぎないだろう、という己の声が頭の中で響いたとき、またぴゅん、と空気を裂く音と共に焼けつく痛みが背中に走った。

「ようやく躾が行き届いてきたかと思ったが、やり直す必要がありそうだな」

いつものように、わざとらしい呆れ声ではない、心の底から怒っているあの人の声に、僕の胸には恐怖の念が湧き起こり、身体がぶるぶる震えてくる。

「も、申し訳ありません。どうか、どうか許してください」

これまでも『躾』という名のもとに、酷い仕打ちを受けてきた。苦痛と恥辱と屈辱と——人間の尊厳の全てを擲《なげう》つしかない仕打ちの連続に、頭がおかしくなりそうだった。

結果、僕はあの人に仕える犬にされ、ずっと犬としての日々を送っている。

またあの苦痛を、恥辱を、屈辱を味わわされるのはごめんだ。今度こそ気が狂ってしまうかもしれない、と僕は必死で懇願したが、あの人はもう聞く耳を持ってはくれなかった。

「二度と僕に嘘をつこうなどと思わないよう、きっちり躾けてやる」

立て、と僕の腕を引き、無理矢理立ち上がらせたあと、あの人は僕に首輪を嵌め、裸の上にあの人のコートを羽織らせた。

首輪の先についた鎖を乱暴に引かれ、バランスを失って前のめりに倒れ込みそうになったのにもかまわず、あの人がまた強く鎖を引いて歩き始める。

「…………」

どこへ行こうとしてるのか――無言のままあの人に鎖を引かれ、もつれそうになる足を踏みしめて僕はあの人のあとに続く。

コートの下、何度も鞭で打たれた背はじんと熱を持ち、コートの裏地に擦り傷が擦《こす》れひりひりとした痛みが増してゆく。

「来い」

あの人がまた鎖を乱暴に引くのに僕はあの人に導かれるまま、あの人の後をほとんど駆け足になりながら追った。

まさに僕は犬だ。首輪の鎖を引かれ、散歩に出される犬そのものの姿をしている僕を、彼が見たら一体どう思うだろう。

痛ましげに眉を顰めるか、それともほとほと呆れて僕を見放すか。

どうかあの人の行き先が彼の店でないといいと願っていることを察したように、あの人が肩越しに僕を振り返り、厳しい目を向けてくる。

「来い」

またもぐい、と鎖を引かれ、喉が詰まって咳き込んでしまった僕の脳裏に、彼の清廉な瞳が浮かぶ。

「早く来るんだ」

せかされ、鎖を引かれて足を進める僕はまさに、あの人の――犬。

涼やかな眼差《まなざ》しが注がれる価値などまるでない、卑しい一匹の犬なのだ。

己の立場はいやというほどわかっているはずなのに、それでも僕の頭の中から彼の瞳の幻は消えていってくれない。

僕はあの人の犬なのに。あの人のことだけを考えていなければならないのに。

僕は――犬。

犬は命じられるまま、鎖を引かれるままに主人のあとに続かなければならない。

たとえそこにどれほど恐ろしいことが待っていようと、それを回避する道は僕にはない。

Side Takahito 6

翌日、劇団のホームページで連絡先をチェックしたものの、いざ美月の携帯番号を聞こうと思うとなかなか勇気が出ず、結局夜になっても問い合わせをすることができなかった。

意気地がないな、と自己嫌悪に陥りながら店に向かい、在庫チェックをしがてら、俺は再び劇団のホームページを開くと、客の来ないのをいいことに、さまざまなページをチェックし始めた。

まずは真欧のプロフィール。これは今までの主要な役柄や、演出の紹介で、年齢も出身地も書いていなかった。

続いて、次の演目の紹介ページを見てみたが、こちらもキャスト未定となっていて、まだ亨がどの役になったのかをチェックすることはできなかった。劇団創立十周年の記念公演ということで、東京だけでなく名古屋と大阪、それに博多でも公演するらしい。

かなりの大舞台のようで、この演目でいい役がついたらきっと亨も世間から注目が集まることになるだろう。よかったな、と思いながらも俺の目は、脚本のところに美月の名がないかをチェックしてしまっていた。

すべてが「coming soon」で舞台の内容すらわからない。もしかしたら今制作中なのかもしれないな、とパソコンの画面を閉じようとしたとき、自動ドアの開く音がし俺は何気なく顔を上げた。

「……っ」

客が入ってきたときには一応の確認をし、すぐに目を伏せるのを常としているはずの俺が、思わぬ人物の登場に驚き、そのまま凝視してしまった。

「やあ」

俺の視線をきっちりと受け止め、にこやかに微笑み返してきた店の客はなんと――真欧だった。

「この間はありがとう。助かったよ」

つかつかと大股で俺へと近づいてくる真欧は、今日は一人のようだった。背後にあられもない格好をした美月の姿がないことに安堵の念を抱くと同時に、なんともいえない嫌な予感が込み上げてくる。

「いえ……」

真欧の礼が先日の俺のついた嘘に対してだと気づき、俺は慌てて彼に笑顔を向け、首を横に振った。

「今、十周年公演を控えている大切な時期なのに、つまらぬことで写真週刊誌に載らずにすんだのは有り難い。心から礼を言うよ」

真欧は上機嫌な様子でそう言うと、あろうことか俺に右手を差し出してきた。

「いえ、本当に気になさらないでください」

そうも信じてしまわれると、それが嘘だけに罪悪感が増す。しかし咄嗟についた俺の嘘をこうも信じるとは、真欧も意外と単純だな、などと思いながらも、せっかく差し出された右手を無視するわけにはいかず、俺もまた手をのばし、彼の右手を握った。

「……」

冷たい手だと思った。ピアニストのような繊細な指の持ち主だ。手を離す瞬間、この手が美月の身体をいいように弄《いじ》り回しているのかという思いが俺の胸に芽生え、憤りが込み上げてきたが、それを面に出すほど俺は単純ではなかった。

だが、真欧が笑顔のまま「それでね」と親しげに話しかけてくるのには、戸惑い、

「はい？」

と不審げな声を上げてしまったあたり、充分単純であったかもしれない。

「君の好意に対して礼をしたくてね、今日は招待状を持ってきた」

やはり俺の「嫌な予感」は当たったようだ。見返した真欧の目は少しも笑っていない。深遠たる闇を感じる彼の瞳に、俺の背にぞくりと悪寒が走った。

「このビルの地下に会員制のクラブがある。知ってるかい？」

スーツの内ポケットから黒い封筒を取り出し、真欧がそれを俺へと差し出してくる。

「招待状、ですか」

「ええ」

このビルのオーナーは俺の父親なので、だいたいどんな店が入っているかは俺も知っていた。地下の『会員制クラブ』というのはこのアダルトショップと同じ時期に、それまでのいわゆる高級クラブを改装し、会員制の『ＳＭクラブ』として新装開店した店だった。

こちらも趣味に特化した店で、「一度見ておくといい」と父に勧められのぞきに行ったことがあるのだが、どちらの気もない俺にとってはハードすぎ、個人の趣味をどうこう言うつもりはないがさすがについていけないものを感じたものだった。

何度か『ショータイム』があり、中央のステージでは、それこそ趣味に走ったショーが開催され、その趣味への走り具合が評判となっているという話だった。売り上げはかなりいいものの、ショーが『いきすぎたもの』になる危険があるせいでチェック機能に金がかかりすぎるため、親父は早くも経営方針を考え直そうとしていた、そんな店だった。

その店が一体どうしたというのだ、と内心首を傾げていた俺に、真欧は黒地の封筒を手渡し、にっこりと目を細めて微笑んでみせた。

「招待状だよ。このあと楽しいショーがあるんだ」

「……はあ……」

金文字で『闇《やみ》』と店の名が書いてある封筒を開くと、中には真欧の言うようにインビテーションカードが入っていた。たしかこのカードは一枚二万円だったと思いつつ顔を上げた俺に、真欧がそれは楽しげに微笑みかけてくる。

「君は覚えているかな。僕と一緒に来店した彼。彼がショーに出るんだ」

「なんだって？」

真欧が美月のことを言っているのは、考えずともわかった。美月がショーに出るとはどういうことだ、と思わず大きな声を出した俺の前で、真欧が高らかに笑い始める。

「なに、彼が君に是非ショーを見に来て欲しいと言うから、それで僕が誘いに来たんだ。楽しいショーだよ。そろそろ始まるんじゃないかな」

店内にやかましいほどの真欧の哄笑が響き渡る中、後先考えず俺は店を飛び出してしまっていた。

まさか、と思ったときにはもう身体が動いていた。エレベーターを待つ間を惜しみ非常階段を駆け下りながら、俺は店に施錠をしてこなかっただの、レジも開けっ放しだっただの、数多くの『マズイ』ことに気づいたが、足は止まらなかった。

美月は今無事なのか——頭の中にはそれしかなかった。悪魔のような真欧の笑い声が頭の中で反響している。その声に駆り立てられるように俺は物凄いスピードで階段を駆け下り、地下の店へと向かった。

「いらっしゃいませ」

自動ドアの向こうに受付があり、仮面をつけた黒服が恭《うやうや》しげに俺に頭を下げて寄越す。

「お客様」

声をかけてきた黒服を無視して店内に飛び込もうとすると、入り口に控えていた別の黒服が二人、俺の前に立ちふさがった。

「これ」

手に持ったままのインビテーションカードを示すと、黒服たちはようやく俺の前から退いてはくれたが、怪しいとでも言いたげに目配せを交わしていた。

「ショーは？　もう始まってるのか？」

フロアへと足を踏み入れるべく、彼らを押しのけながら尋ねると、

「今始まったところです」

不快そうに眉を顰めてはいたが、俺を客とは認識しているようで、黒服の一人が丁寧な口調で答えてくれた。

始まってるのか、と慌てて俺はフロアに飛び込み、暗闇の中、そこだけスポットライトに照らされた中央のステージを見やる。

「美月さん！」

目に飛び込んできた光景に俺は思わず大声で彼の名を叫び、暗闇の中、ステージに向かって駆け出していた。

「なんだ？　何が起こってるんだ？」

「ちょっとなんなの？」

客席から非難の声が上がっていたが、かまってはいられなかった。俺の目の前では今、美月が信じられないような惨事に見舞われていた。

円形のステージの中央、天井から吊り下がっている鎖に両手を捕らわれている彼は全裸だった。鎖で両手を上げさせられ、やはり鎖で足首を捕らえられた両脚は大きく開かされている。全裸のまま、両手両脚を広げ、ぺたりと尻をついて座っている美月の目は恐怖に見開かれていた。それも無理のない話で、獰猛《どうもう》そうなドーベルマンが今まさに彼の股間に顔を埋めようとしていたのである。

「よせ！」

犬を使ったショーがあるという話は聞いていた。身体に塗られたバターを、獰猛な犬が舐めまくるという、趣味の悪いショーだ。特に恥部には丹念に塗り込められているために、犬は執拗にそこを舐《ねぶ》り、客席を沸かせるのだという。

犬はよく訓練されているために危険はないという話だったが、たいていの人間は恐怖のあまり失禁したり、気を失ってしまうらしい。

「お客様！」

慌てて飛んでくる黒服の間をすり抜け、俺はステージに駆け上った。うう、と犬が唸《うな》り俺へと顔を向けるのに、美月は恐怖のあまり目を開けたまま気絶しているのか、身動きをする気配がない。

彼もまた失禁してしまったようで、ステージ上に水たまりができていた。スポットライトを浴びてきらきらと輝く液体を見る俺の胸に、一気に怒りが込み上げてくる。

「酷すぎる！　今すぐやめさせろ！　犬を押さえろ！　鎖を外せ！」

堪らず喚き散らしていた俺に、客席からはブーイングが飛び、ステージ上にはぞろぞろと黒服が駆けつけ俺を取り囲む。

「お客様、こちらへ」

他の客の手前、黒服たちは丁寧な口調を崩さなかったが、両側から俺の腕を掴もうとする手の動きは乱暴だった。

「離せ！」

そのまま引き摺り下ろされそうになった俺の目に、いつの間に近づいていたのか、ステージのすぐ前まで来ていた真欧が、にっこりと微笑む顔が飛び込んでくる。

「離せ！　店長を呼べ！」

勝ち誇ったような顔で微笑む真欧を見たとき、負けて堪るかという気概が生まれ、次の瞬間には己の望みを通すためには何をすればいいのかを思いつくことができたのだった。

「俺を誰だと思っている！　西大路貴人だ。父親は西大路清人《きよひと》！　店長ならこの名前に聞き覚えがあるだろう！」

大声を上げた俺を、黒服はかまわずステージから下ろそうとしたが、そのとき店の奥から恰幅《かっぷく》のいい男が飛び出してきて、まさに店から引き摺りだされようとしている俺を見て大声を上げた。

「やめなさい！　すぐ手を離すんだ！　この方はオーナーの息子さんだぞ！」

「ええ？」

黒服たちが驚きの声を上げ、俺から手を解く。前に父と来たとき、あの店長は挨拶をしに来たのだった、とそのときのことを思い起こしていた俺に、店長は慌てて駆け寄ってくると深く頭を下げて寄越した。

「とんだ失礼を。本当に申し訳ありません。お怪我などはないですか？」

「怪我はありませんが、彼を――」

オーナーの子息を怒らせては大変だとばかりに、平身低頭して詫びる店長の注意を、俺はステージ上の美月に向けた。

「は？」

「彼は僕の友人です。連れて帰りたいのですが」

「え？」

店長は驚いたように目を見開き、改めてステージ上で放心している美月を俺の身体越しに見やったが、

「さあ！　早く！」

俺が声を荒立てるとすぐにはっとした顔になった。

「わかりました。すぐ……」

俺に丁重に頭を下げたあと、周囲をずらりと取り囲んでいた黒服を見回し素早く指示を出す。

「即刻ショーを中止しろ。お客様への説明は任せる。クレームが出ないよう次の演目を繰り上げるんだ」

「は、はい。わかりました」

黒服はわけがわからないという表情をしていたが、店長命令は絶対のようで、彼が右手を挙げて合図をした途端ステージを照らしていたスポットライトが消え、店内は一瞬暗闇に包まれた。

「何？　なんなの？」

「おい、ショーは中止なのか？」

客たちの怒声で湧く中、黒服のアナウンスが店内に響く。

「大変申し訳ありません。諸般の事情によりショーを一旦中止させていただきます。十分後に再開いたしますので、今暫くお待ちくださいませ」

と、次の瞬間ぱっと店内の照明がつけられた。はっとしてステージを見ると、そこにはもう美月もドーベルマンもいない。

「西大路様、こちらです」

店長が俺に囁き、店の奥へと導いてくれるあとに続く。騒ぎの張本人が俺とわかっているためか、客たちの興味深い視線がまとわりついてきたが、それどころではないと俺は彼らを無視して足早に進む店長のあとを追った。

「美月さん！」

俺が連れて行かれたのは、店の奥にある『関係者以外立ち入り禁止』の控え室だった。美月はその部屋の隅に置かれた小汚いソファに、毛布にくるまれ座らされていた。まだ放心しているようで、目の焦点が合っておらず、身体はがたがたと震えている。

「…………」

どういうことなのだ、と俺が非難の眼差しを向けたのがわかったのか、店長は慌てたように言い訳を始めた。

「西大路様のお知り合いとは存じ上げなかったのです。ご本人もステージに上がることに関しては了承してらっしゃいましたし……」

「……ステージであのような目に遭うことも説明してあったのですか」

くどくどと非がないことを説明しようとする店長に、まったく責任がないわけではないだろうと怒声を張り上げると、店長は飛び上がらんばかりの顔になり、更にくどくどと己の正当性を並べ立て始めた。

「勿論です。それどころか、あのショーに出たいというのはご本人たちの希望だったのですから」

「そんな馬鹿な」

失禁するほどの恐怖を感じたあの場所に、美月が望んで立つわけがないじゃないか、と店長の言葉を信じがたいと切り捨てようとしたのだが、彼の言葉にひっかかりを感じ、もしやと思い問いを発した。

「……本人たち？」

「ええ、パートナーとお二人して、とても乗り気でいらしたのです。服もご自分で脱がれましたし……」

「そう、とても乗り気だったよ」

店長の説明を、俺はまたも『馬鹿な』と遮ろうとしたのだが、そのとき背後から聞き覚えのある声が響いてきたのにぎょっとし視線を向けた。

「円城様……」

店長もまたぎょっとした顔になり、いつの間にか部屋に入ってきた彼に――円城真欧に、俺に対するのと同様にぺこぺこと頭を下げ始める。

「…………」

乗り気なものか、と俺はカツカツと靴音を鳴らし近づいてくる真欧を睨みつけたが、真欧はそんな俺ににっこりと目を細めて微笑んでみせ、更に俺の腹立ちを誘った。

「やあ、君がオーナーの息子とは知らなかった」

真欧のよく響く朗らかな声が狭い室内に反響する。と、そのとき無言のままがたがたと震えていた美月の身体がびくっと大きく震え、彼の顔に恐怖の念としかいいようのない表情が宿ったのを、たしかに俺は見たと思った。

「それにしても無粋《ぶすい》な真似をしたものだ。客たちが怒っているよ。黒服の皆さんが、あれもショーの一環だったと苦しい説明をしているけれどね。せっかくの見物を台無しにした罪は重いよ、西大路君」

「……失礼します」

やれやれ、と肩を竦め、微笑んでみせた真欧の目はやはり少しも笑ってはいなかった。笑うどころか彼の目には怒りの焔《ほむら》が立ち上っているようにすら見えた。怒りの感情は俺のほうがより勝っているという自負はあったが、彼が俺を挑発しようとしているのはミエミエで、この場で問題を起こすよりもまず美月を連れて帰るのが先決と、真欧に軽く頭を下げると俺は美月へと近づいていった。

「美月さん、帰ろう」

ぶるぶる震えていた美月は俺を見上げ、困ったとしかいいようのない顔をした。まだ彼の顔は真っ青で、唇はわなわなと震えて何も喋れないようである。

「大丈夫だから。行こう」

怖がることなど何もないと俺はゆっくりと美月に頷いてみせると、毛布ごと彼の身体を抱き上げようとした。と、そのとき、

「美月、おいで」

俺の背後から、かつては舞台上で劇場に詰めかけた観客皆を酔わせていた真欧の美声が響いてきたのに、美月の唇から「あ……」という微かな声が漏れ、泳いでいた目の焦点が合い始めた。

「美月さん」

「さあ、美月、こっちへおいで」

真っ白だった美月の頬にうっすらと血の気が戻り、宙を見ていた瞳に生気が戻ってくる。

「…………あ……」

美月はまず、自分を抱き上げようとした俺を見て小さく声を漏らしたあと、視線を俺の肩越し、真欧へと向けていった。

「さあ」

彼の視線を追い、振り返った俺の目に、端整な顔を笑みに綻ばせている真欧が映る。

悪魔だ——真欧の顔が端整であればあるほど、その笑みが華やかであればあるほど、彼

の内面のどす黒さが際だつ気がした。恐怖の念を表すのに、『背筋が凍るような』という比喩があるが、真欧の笑みを前にした俺の背筋をぞくっとした悪寒が駆け抜けていき、気づけば思わずごくりと唾を飲み込んでしまっていた。

「……や……っ」

俺の感じた恐怖を美月も感じていたようで、小さく悲鳴を上げたかと思うとぶるぶる震える両手に顔を伏せてしまった。

「さあ、美月」

真欧がまた一歩を踏み出し、毛布の中で華奢な身体を震わせている美月の名を呼ぶ。

「美月は僕と帰ります」

これ以上彼に恐ろしい思いをさせたくないというのが動機だった。俺はきっぱりとそう言い捨てると、震える美月の身体を抱き上げ踵を返そうとした。

「美月、残りなさい」

傍らを通り過ぎようとしたとき、今までのにこやかな声とはまるで違う、真欧の厳しい声が響いたが、俺は無視してそのまま足を進めた。

「美月、今彼とこの部屋を出ていけば何が起こるのか、お前はわかっているんだろうね？」

ドアを出ようとしたとき、真欧はまた美月にそう呼びかけたのだが、その言葉に俺の腕の中で美月が、びく、と身体を震わせたのがわかった。

「美月さん……」

美月が伏せていた顔を上げ、おずおずと俺を見上げてくる。真っ白な頬には幾筋もの涙のあとがあり、何かを喋ろうとしている唇はわなわなと震えていた。

「美月、それでもいいのかい？」

笑いを含んだ真欧の声にまた、美月はびく、と身体を震わせた。華奢なその身体を俺はぐっと己の胸に抱く。

「行こう」

「…………あ……」

美月は一瞬だけ、俺の胸を押しやる素振りをしたが、

「美月」

真欧の声がまたも響いてきたときには、彼はその手で俺の上着の胸のあたりをぎゅっと握り締めていた。

「行こう」

拳が白くなるほどに俺の服にしがみつく彼の身体を抱き直し、黒服の一人が開いてくれ

ていたドアを出、店の出口に向かう。

「う……」

店の外に出たとき、美月が俺の胸に顔を埋めてきた。伏せた顔から嗚咽《おえつ》が響いてくる。

「大丈夫だから。もう怖くないから」

耳元に唇を寄せ、俺は彼に何度もそう繰り返し言い聞かせながら、地下二階の駐車場へと向かった。

車に乗せようとしても、なかなか美月は握り締めた俺の上着を離そうとしなかった。

「大丈夫だから」

何度も何度も繰り返し、ようやく美月が俺の服を離して助手席に乗ることができたあと、俺は近所に住んでるバイトに、急な話で悪いが今夜店を頼むと電話をし——本当なら一度店に戻り、施錠してから帰りたかったのだが、美月をとても一人で車には残していられなかったのだ——とりあえずは俺の家に向かおうと車を発進させた。

運のいいことに道が空いていたため、十五分で家に到着した。今夜はアパートの前に路上駐車させてもらうことにし、車を駐めると俺はまた美月の身体を抱き上げたのだが、彼の身体がまだぶるぶると震えているのが毛布越しに伝わってきて、いたましさのあまりそのまま抱き締めてしまいそうになるのを俺は必死で堪え、彼を抱いて自室へと向かった。

「シャワーを浴びる？」

部屋に入り、ソファの上に美月を下ろしたあと、俺は彼の前に膝を突いて座り、ゆっくりした口調で問いかけてみた。

「……あ……」

美月はまだ、喋ることができなそうだった。ぶるぶると身体を震わせたまま、首を振るのだが、縦に振っているのか、それとも横に振っているのかもわからないような状態で、俺は再び、

「美月さん、シャワー浴びる？」

と彼の顔を見上げ、ゆっくりと問いかけてみた。

「……う……」

やはり美月はまだ落ち着いてはいないようで、呻《うめ》くような声を上げることしかできないでいる。この状態でシャワーを浴びさせるのは無理かと思ったものの、彼の身体から立ち上るバターの匂いからは解放してあげたくて、俺は「ちょっと待ってて」と彼に微笑んだあと、浴室へと向かい、濡れタオルを用意してまた部屋へと戻ってきた。

「拭くだけだから」

美月の身体から毛布を剥ごうとすると、美月は嫌々をするように首を横に振り、ぎゅっ

と毛布を握り締めた。何もしない、身体を拭くだけだと俺は辛抱強く繰り返し、美月が毛布を離すと、最初は身体の右半分だけ毛布を剥いでタオルで拭った。

「気持ちいいだろう？」

ただ身体を拭くだけだということがようやく理解してもらえたのか、そう問いかけ左半分も毛布を剥ごうとするのを、美月はもう止めなかった。

鞭で打たれたあとも痛々しい。大人しくされるがままに任せてくれている彼の身体を綺麗に拭い終えたあと、俺は彼に「立てる？」と問いかけ顔を覗き込んだ。

「………多分……」

ようやく美月の口から、意味のある単語が漏れたのに、俺はほっと安堵の息を吐いた。

少しは落ち着いたのだろうかと思いながら、彼に手を貸し、立たせてやろうとしたのだが、美月の足はがくがくと震え、まだ自力で立つのは無理そうだった。

「ごめん」

一応声をかけたあと、俺は裸のままの美月の身体を抱き上げ、自分のベッドへと運んだ。

美月は俺の腕の中でじっと身体を強張らせていて、ベッドの上に下ろしてやると、はあ、と小さく息を吐いた。

「今、寝間着になりそうなものを持ってくるから」

Tシャツと短パンでいいだろう。俺自身がパジャマを着ないので家にないのだが、たとえあったとしても俺の服では大きすぎる。

まあ、パジャマはともかく、問題は明日、美月を家に送るときに何を着せるかだな、と思いながら俺がベッドを離れクローゼットに向かおうとしたとき、

「あの……」

美月の細い声が背中で響き、どうしたのかと俺はすぐに振り返るとベッドで横たわる彼へと駆け寄った。

「どうしたの？」

「……あの……」

かけてやった上掛けにくるまり、美月がじっと俺を見上げている。捨てられた子犬か子猫のような心細げな瞳に、俺の胸に熱い想いが込み上げ、堪らず上掛けごと抱き締めたくなる衝動が芽生えた。

「……どうしたの？」

だがそれを行動に移すことはさすがに躊躇《ためら》われ、理性を総動員させて衝動を抑え込むと俺は、美月が話しやすいように静かな、ゆっくりとした口調で問いを発した。

「……怖い……」

「え？」

美月の声は酷く震えていて、最初俺は彼がなんと言ったのかを聞き取ることができなかった。

「え？」

それゆえ彼に覆い被さるようにして口元に耳を寄せ、問い返したのだが、その俺になんと美月は両手を伸ばしてしがみついてきて、俺を仰天させた。

「……怖い……っ」

「み、美月さん？」

上掛けの中から両手を伸ばし、俺の首に縋りついてくる美月は泣いていた。

「怖い……っ……怖い……っ」

「大丈夫、もう大丈夫だから」

何度繰り返しても、美月の『怖い』という思いは収まらないようで、ますます強い力で俺にしがみついてくる。

「……一人にしないで。どこへも行かないでくれ」

泣きじゃくりながら美月は俺に、何度も何度もそう言い、苦しいほどの力で俺の首に縋りついた。

「どこにも行かない。ずっと美月さんの傍にいるから」

大丈夫だから、と言いながら俺はベッドへと上がり込み、美月の身体を腕に抱いた。いつまでもしがみついているままでは美月が寝られないと思ったのだ。

そう——そのとき俺は本当に、美月に安らかな眠りを届けたいと思っていた。

「大丈夫だよ、美月さん」

ベッドに横たわり、俺の胸で泣きじゃくる彼の背を、できるかぎり優しく撫でる。そうして落ち着かせ、ゆっくりと眠らせようと思っていたはずなのだ。

だが——。

「……どこへも……どこへも行かないでくれ……っ」

しゃくり上げながら泣く彼の裸の背を撫でるうちに、胸の鼓動は速まり、全身の血管を血が物凄い勢いで駆けめぐってゆくのが自分でもわかった。

血流は俺の頬を紅潮させ、そして——下半身をも疼かせてゆく。

「大丈夫だよ」

ようやく涙が収まってきたのか、しゃくり上げる声が収まってくる。

「大丈夫。ここにいるから」

あまり身体を密着させていると、下半身の昂《たか》まりに気づかれてしまうかもしれない。

『怖い怖い』と泣いている彼を更に怖がらせることになるのでは、と俺は案じ、美月に気づかれぬようにそっと身体を離そうとした。

涙も収まってきたようだし、気持ちも落ち着いたのではないかと思ったからなのだが、まだ彼の気持ちは少しも落ち着いていなかったようで、俺が離れようとするのを敏感に察し、更に強い力で俺の首に縋りついてきた。

「一人にしないでくれ……っ」

「しない、しないけれど……」

全裸の美月に力一杯しがみつかれ、俺の下肢にまた一段と熱が籠もる。ぴたりと前が合わさっているこの状態では勃起《ぼっき》していることなどすぐ気づかれてしまうと、俺は慌てて腰を引こうとしたのだが、一瞬早く美月は気づいたようで、

「……あ……」

戸惑ったような声を上げたあと、微かに身体を離し、じっと俺を見上げてきた。

「……ご、ごめん……そういうつもりでは……」

ではどういうつもりだと、自分自身にツッコミを入れつつ、俺は支離滅裂な言葉をしどろもどろに口にしていたのだが、何を思ったのかくどくどと同じ話を繰り返す俺の胸に、美月が再び顔を埋め、あろうことか彼のほうからぴたりと下肢を密着させてきた。

「……っ」

どうしたの、と反射的に尋ねかけたが、無言のまま身を預けてきていた美月も、それを問われたら身体を離すしかなくなるだろう。

多分彼は、『誰かが傍にいる』という状況に身を置いていたいのだろう。ぴたりと身体を密着させればさせるだけ、安堵の念が広がってゆくのかもしれない。

そして——。

もしかしたら美月は、恐怖体験を新たな体験で消したいのではないか、という考えに至ったとき、それは単なる希望的観測だと俺はその考えを退けようとした。

衆人環視のもと、鎖で繋がれ、ドーベルマンをけしかけられる——気が狂うほどの恐怖を感じていたに違いない彼に対する冒涜《ぼうとく》だと思いながらも、俺の手はしっかりと美月の背を抱き締め返してしまっていた。

「……あ……」

腕の中で美月が掠れた声を上げ、ますます強い力で俺にしがみついてくる。

「……大丈夫だから……」

本当に『大丈夫』なのだろうかと思いながらも、俺はそっと美月の背から腕を解き、彼の首筋に顔を埋めた。

「あっ……」

美月はもう、俺にしがみついてはこなかった。それまで俺のシャツを掴んでいた彼の手が、シーツの上にだらりと投げ出されるのを横目に見ながら俺は、彼の首筋から胸へと唇を這わせていった。

「ん……っ……ん……っ……」

胸の突起を口に含むと、美月はくすぐったそうに身体を捩《よじ》り、可愛《かわい》い唇から微かに声を漏らした。もう片方の胸の突起を指先で軽く弾くと、美月はまた「やっ……」と甘い声を上げる。

胸を弄られるのが好きなのかもしれない、と俺は、唇で、舌で、片方を吸い、舐り、もう片方の、あっという間に勃ち上がった桃色の乳首を指先で摘み上げたり爪をめり込ませたりして、両胸をじっくりと攻め立てていった。

「やっ……あっ……あぁっ……あっ……」

美月は相当敏感なようで、胸だけだというのに彼の息は乱れ、全身に熱が籠もり始めた。汗の滲む彼の白い胸が、俺の舌が、唇が、そして指先が与える刺激に大きく上下し、彼の唇からはあられのない声が漏れ始める。

「気持ち……いい……っ……あぁっ……乳首が……っ……乳首が……っ……じんじんして

「……っ……あっ……」

可愛らしい紅色の唇から『乳首』などという言葉が漏れることに、俺の欲情は酷くそそられ、更に気持ちよくさせてやろうと一層丹念に乳首を舐り続けた。

「あ……っ……もっと……っ……もっと強く……っ……」

請われるがままに軽く歯を立て、もう片方を指先で抓《つね》り上げると、美月の背が仰け反り上がる嬌声《きょうせい》が高くなった。

「いい……っ……ああっ……いい……っ……」

腹のあたりに当たる彼の雄は既に勃ちきり、先走りの液を零していた。男を抱いたことはないゆえ、戸惑いを覚えてもよさそうなものなのに、少しの違和感もなく俺は行為に耽《ふけ》っている。『欲望に突き動かされるまま』というのはこういう状態を言うのだろう、などと冷静に分析する余裕などなく、びくびくと震える美月の無毛の雄に手を伸ばし、ぎゅっと握り締めた。

「あぁっ……」

美月がまた背を仰け反らせ、高く喘ぐ。カリの部分を親指と人差し指で擦り上げてやると透明な液が盛り上がり、つつ、と竿を伝って流れていった。

「あっ……あっ……あっ……」

もともと美月の意識はしっかりしていたとはいえない状態だったが、今や朦朧としているようだった。俺の下で腰を捩り、甘やかな声を上げ続けている。いやらしくも可愛いその姿に、俺の鼓動は速まり、ジーンズの中で雄が痛いほどに膨張してしまっていた。

「ぁっ……」

俺がごくりと生唾を呑み込んだ音が室内に響く。その音にも美月は反応し、微かに喘いだあとゆっくりと両脚を広げはじめた。

「…………」

これは——自ら大きく脚を開き両膝を立てた彼が求めている行為は、まさに今俺が彼に為したいことそのものに違いなかった。

今、彼の意識はあってないようなものだ。それに乗じてしまっていいのかと一瞬迷いはしたが、己の欲情を抑えることはできなかった。

「待って」

酷く掠れた己の声を聞きながら俺は身体を起こすと、手早く服を脱ぎ捨て全裸になった。ファスナーを下ろすのも困難なほどに勃起した雄を握り、シーツの上でしどけなく両脚を開き恥部を晒している美月を改めて見やる。

「……ん……っ」

俺の視線に気づいたのか、美月が小さく声を漏らし、待ちきれないというように身体を捩った、その姿を見たとき俺の、最後の逡巡《しゅんじゅん》は吹っ飛んだ。

再びベッドに上がり、美月の子鹿を思わせる形のいい華奢な脚を抱え上げる。露わになったそこに怒張した己の雄を押し当ててはみたものの、この細腰にこんなものが入るのだろうかと俺は一瞬躊躇し腰を引きかけた。

「……きて……っ」

と、気配を察したらしい美月が叫んだと同時に、彼の両脚が俺の背に回りぐっと引き寄せようとする。

「挿れて……っ……僕のお尻に……っ……あなたのおちんちんを……っ……早く……っ」

切羽詰まったような美月の声が響いたのに、俺の腰は更に引けかけたのだが、

「早く……っ」

美月に尚も促され、今は彼の求めるものを与えてやろうと腹を括った。両脚を抱え直し、ここかと思われるところにずぶりと先端を挿入する。

「……っ」

熱い――第一印象はそれだった。女性のそれとはまるで違う、なんともいえない熱と力を持つそこが、俺の雄にまとわりつき更に奥へと誘おうとする。

凄いな、などという呑気な感想を抱いている余裕はなく、気づいたときには俺は自ら腰を進めていた。ずぶずぶと俺の雄が彼の中に呑み込まれていく。

「……ん……んふ……っ……」

美月が満足そうに息を吐き、微笑んだ。可憐なその顔と、あられもない言葉を叫ぶ、はすっぱさのギャップに、彼の中で俺の雄は更に硬度を増し、胸の鼓動も高鳴ってきて、自身の行動に制御がきかなくなってくる。

彼の求めるものを与えるという大義名分を俺は既に忘れつつあった。欲望に駆られるままに俺は彼の両脚をまた抱え直すと、激しく腰を動かし始めてしまっていた。

「あっ……あぁっ……あっ……」

突き上げれば突き上げるほど、美月の狭道は俺の雄を締め上げ、えもいわれぬ快感を俺にもたらしてくれた。奥底を抉り続ける俺の動きは美月にも快感を与えているようで、俺の下で彼の身体が仰け反り、白い喉が露わになる。

「いい……っ……気持ち……いいっ……」

美月は中だけでなく、彼の全身がすっかり熱くなり、うっすらと汗に覆われた身体が天井の灯りを受けて煌いていた。抱えている脚が汗で滑るのを何度も抱え直し、美月に腰を打ち付け続ける。

「触って……っ……おちんちん、触って……っ」

美月が高く叫ぶ声に誘われ視線を落とすと、彼の雄は勃ちきり、先走りの液でべたべたになっていた。達したいのに達せないでいるのだろうと察し、片脚を放した手でそれを握り一気に扱き上げてやる。

「あぁーっ」

その瞬間、獣のような声を上げ、美月が達した。

「……くっ……」

射精を受け、美月の後ろが激しく収縮して俺を締め上げる、その刺激に俺も達し、彼の中にこれでもかというほど白濁した液を飛ばしてしまった。

「あぁ……」

はあはあと息を乱しながら、美月が大きく息を吐き、俺の背に回した両脚にぎゅっと力を込めてくる。

「……美月さん……」

俺も乱れる息のもと、彼の名を呼ぶと、美月はうっすらと目を開き、俺に微笑みかけてきた。

そのとき一筋の涙が美月の目尻を流れ落ちていったのが目に入り、俺はなんだか堪らない気持ちになってしまって、美月に覆い被さると、彼の身体を力一杯抱き締めた。

「……………あ……」

俺の腕の中で美月は一瞬、びくりと大きく身体を震わせたが、俺の胸を押しやることなく、逆に彼の両手を俺の背に回し、ぎゅっと抱き締め返してきた。

「……美月さん……」

名を呼ぶと、背に回された腕に一段と力が込められたのがわかった。

「う……」

そのうちに俺の腕の中で、美月の身体が細かく震え始め、彼が顔を押し当てている俺の胸から嗚咽の声が響いてきた。

「美月さん……」

顔を覗き込もうとすると、美月はそうはさせまいというように俺の背を抱く腕に力を込める。仕方がない、と俺は顔を覗き込むことを諦め、彼の背をぎゅっと抱き締め返した。

大丈夫だ、もう、何も心配することはないのだと、心の中で呟きながら——。

そのうちに美月の嗚咽が収まり、安らかな寝息が俺の胸から響いてきた。背中を抱き締めていた手から力が抜けたのに、俺もまたそっと彼の背から腕を解き、ゆっくり身体を離してみた。

想像どおり美月は眠っていた。頬に残る涙の痕が痛々しい。もともと年齢よりも随分若く見えるが、目を閉じた彼は幼子のようだった。

可哀想に——すうすうと寝息を立てているあどけない彼の小さな顔を前に、俺の胸には熱情としかいいようのない想いが湧き起こってくる。

彼をこうも怯えさせ、泣かせたのは真欧だろう。許せないと俺は一人拳を握り締めた。

あの男から——否、この世のすべての災厄から、ありとあらゆる苦難から、彼を守りたい。常に彼が安らかな眠りにつけるよう、俺がこの腕で守ってやりたいという熱い想いが胸の中に渦巻いている。

今まで何人も付き合った相手はいたが、一度としてこのような感情を抱いたことはなかった。

胸に滾《たぎ》るこの熱情を表す言葉はおそらく——愛。

今こそ俺は、美月に対する己の想いを——彼を愛してるという想いをはっきりと自覚したのだった。

あの人の行き先が、彼の店のあるビルだと気づいたとき、今度は彼の前で何をさせられるのだろうという不安と、何にせよ回避する道はないという絶望に僕は襲われた。

――が、あの人が向かったのは、彼の店ではなかった。

地下にある会員制のクラブの話は以前にも聞いたことがあった。

『それは楽しいショーがあるんだ。今度一緒に見物に行こう』

お前も楽しめると思うと笑っていた。怒っていたはずなのにショーを見に来るなんてどうしたのだろう、と疑問に思っていた僕は、すぐに自分の勘違いに気づかされることになった。

「これは円城様」

余程の常連なのか、恰幅のいい男性があの人に近づいてきて、深く頭を下げて寄越した。

「やあ、店長。今日はちょっとしたお願いがあってね」

あの人も上機嫌で、その恰幅のいい男性に――この店の店長に笑顔を向けている。

「どうぞなんなりとお申し付けください」

店長はとても腰が低かった。満面に笑みを浮かべたこの腰の低い人に、一体あの人はどんな『お願い』をする気だろうと、僕は傍らで身を竦ませていた。

「実は彼がショーに出演したいと言うんだよ。キルを使ったあのショーに」

あの人がそう言い、僕の背を促して前に出す。

「おやすいご用です」

お任せください、と店長はまた丁重に頭を下げると、黒服を着た店員を呼びつけ、スケジュールを確認し始めた。

「なるべく早いほうがいいな」

あの人のリクエストに店長はすぐに応えた。

「かしこまりました。それでは最初のショーではいかがでしょう」

最初は二十二時からになるという店長の言葉にあの人は満足そうに頷いた。

「時間があまりないね。早速準備をしてもらいなさい」

それまでの不機嫌な様子はどこへやら、あの人がにこやかに僕に微笑み、また背を押して前へと促す。

「ショーの詳細をご存じですか？」

店長が僕に微笑みかけてきたのに、何も知らない僕は首を横に振ろうとしたのだが、

「大丈夫、わかっているから」

一瞬早くあの人が僕のかわりに答え、僕の口を塞いだ。

「そうですか」

店長の顔に一瞬、大丈夫かな、とでも言いたげな表情が走ったが、すぐに彼は微笑みにその表情を紛らわせると、「こちらへ」と僕の背を促し、控え室の奥へと向かった。

「美月、コートを脱ぎなさい」

あの人も僕のあとに続き、背中から僕に命じる。

「……はい」

コートの下は全裸なのに、店長や黒服の店員たちの前であの人は服を脱げという。だが従わなければ何をされるかわからないと、仕方なく僕は言いつけどおりコートを脱いだ。

「お預かりしますね」

店長が僕からコートを受け取り、黒服の一人に渡す。いきなり裸になった僕を前にしても、店長の態度も黒服の店員たちの態度も変わらないのは、彼らがプロフェッショナルだからだろう——などと観察ができるほどには落ち着いてはなかったものの、僕はこれから何が起こるのだろうと不安に苛まれながら、裸に首輪をしただけの格好でその場に佇んで

いた。

「準備できました」

店へと通じるドアから、黒服の一人が顔を出して告げたのに、店長はまたにこやかに微笑むと、

「それではステージに行きましょう」

そう言い、裸の僕の腕を取って歩き始めた。

「…………」

途中で店長は僕を黒服の店員に引き渡し、顔立ちの整ったその店員に連れられ、僕は店内を裸のままステージへと向かって歩かされることになった。

店の中には、既に十組ほどの客がいた。まだ時間が早いためか、ステージを取り囲み、二、三名が座れるソファと、酒などを置くテーブルが並んでいるのだが、その客席は半分くらいが埋まっているような状態だった。

「綺麗な子だね」

客が囁く声が僕の耳にも響いてくる。

「今日はキルのショーがあるらしい」

「あの子がキルのパートナーなのね。楽しみだわ」

『キル』というのがなんなのか――人名だろうと思ったが、どんなショーなのか想像がつかない。

そのうちに僕はステージの上へと導かれ、天井から下がっている鎖で両手を繋がれた。

「お座りください」

黒服が恭しく僕に告げ、言われたとおりに僕がステージ上に座ると、今度は床に落ちていた足枷を足首にそれぞれ嵌め、大きく脚を開かせた。

「失礼します」

鎖に繋ぐところから、もうショーは始まっているようだった。客たちの視線が僕に集まっているのがわかる。

「失礼します」

と、新たな黒服が金属製のボールのような入れ物を手にステージに上がってきたのだが、途端にむっとくる匂いがあたりに充満し、一体なんだと僕は思わず眉を顰めた。

黒服が僕の前に膝を突き、ボールに入っていた刷毛《はけ》を掴む。

「熱いようでしたらおっしゃってください」

口調は丁寧だったが、仕草は乱暴だった。黒服が刷毛でボールの中の液体を僕の身体に塗り始める。

熱いというほどではなかったが、温かいというよりは高温のそれはどうやら溶かしたバターのようだった。慣れた手つきで黒服が刷毛を動かし、僕の身体をバター塗れにしていく。

「…………っ」

首筋から胸、腹、そして太股と満遍なくバターを塗り込めたあと、彼は僕の萎えた雄にことさら丁寧にバターを塗った。

むっとくるバターの匂いが充満してくるにつれ、客席が次第に興奮に包まれていくのが肌に伝わってくる。

これから何が起ころうとしているのか――異様な雰囲気の中、すっかり身を竦ませてしまっていた僕の耳に、司会者の男がマイク越しに叫ぶ声が響いてきた。

「お待たせしました。いよいよキルの登場です。果たしてキルは今夜の獲物を気に入るでしょうか」

司会者が喋り終えたと同時にドラムロールが響く。と、僕を照らしていたスポットライトがすっとステージを降り、客席内へと向かっていった。

「……え……」

通路を照らすライトの中、現れた「それ」を見た僕の口から、驚きの声が漏れる。

スポットライトの中に浮かび上がった『キル』はなんと、獰猛そうなドーベルマン犬だった。

ドーベルマンの登場に、客席が一段と興奮に沸いたのがわかった。低く唸り声を上げながら、ドーベルマンが黒服に引き摺られるようにしてステージに向かってくる。

これから何が起こるのか――頭に浮かんだ「まさか」という想像は、あまりに恐ろしく、僕はその場を逃げ出したくなっていたが、鎖に囚われた状態では身動きすることもできなかった。

そうこうしているうちにキルがステージに上ってきた。

「まだだ、キル」

うう、と唸りながら僕に飛びかかろうとするドーベルマンを、黒服が二人がかりで押さえつけている。

あとから僕は、キルが訓練された頭のいい犬であり、この『飛びかかろうとする』様もショーの一環――つまりは演技であると知ったのだが、そんな知識のない状態ではそれこそ食い殺されてもおかしくないという恐怖に襲われてしまっていた。

「行け！」

黒服の高い声が響いたと同時に、彼らがキルの鎖を離す。

「いやーっ」

途端にドーベルマンが飛びかかってくる、その姿を見た瞬間、僕は大きな悲鳴を上げてしまっていた。

「怖がっている」

「可愛いな」

客席から笑い声が響いてきたが、彼らを非難する余裕はなかった。犬が僕の身体の匂いをくんくんと嗅ぎ、やがて長く出した舌でそこかしこを舐め始める。

「やめ……」

人の舌とはまるで違う、ざらりとした犬の舌の感触は痛いほどで、舐められるたびに走る悪寒と痛みが僕の恐怖をますます煽っていった。

次第に犬の舌が胸のあたりから腹へと下りてゆく。

「キルはペニスが大好物です。今日の獲物のことは彼も気に入っているようですね。あまり気に入られすぎると噛み切られる危険もありますが、果たしてどうなりますか」

司会者の楽しげな声が店内に響き、スポットライトの明るさが増す。熱いほどのライトの中、キルという名の犬がじっと僕の雄を見つめている。

「いやだーっ」

犬がゆっくりと僕の下肢へと近づき、顔を埋めようとする。

『噛み切られる危険もあります』

司会者の言葉に、興奮する客席に、肌を焼くスポットライトに、そして唸りながら近づいてくる獰猛な犬に、ぎりぎりで繋がっていた僕の精神の糸はぷつりと途切れてしまったようだった。

「あらいやだ、お漏らししてるわ。あの子」

「それほど怖いんだねえ」

嘲《あざけ》る声が耳に届いていたが、言われている内容は頭に入ってこなかった。目を開けているけれども僕の目は何も映さず、耳に入る言葉はなんの意味をも僕に伝えない。

「本当に噛み切られることなんかあるの？」

「さあねえ。少なくとも僕は見たことない。あの犬が少年を犯すショーは見たことがあるけれど」

「あら、それは楽しみね。今回はどんなショーなのかしら」

笑いさざめく観客。くんくんと匂いを嗅ぎながら僕の股間に顔を埋める黒い犬。怖い、怖い、怖い、怖い怖い怖い怖い――。

わあ、と悲鳴を上げたいのに、もう僕の口は動かなかった。がたがたと震えるばかりで、自分が失禁したことにも気づいていないような状態だった。
発狂する直前というのはまさにこういう状態なのかもしれない。頭の中が真っ白になり、ただ『怖い』という感情だけが全身を駆けめぐっていたそのとき、

「美月さん！」

僕の名を呼ぶ凛とした声が響き、彼が——貴人が、僕を気が狂いそうなほどの恐怖から解き放ってくれたのだった。

Side Takahito 7

翌朝、俺は美月を起こさぬようにそっとベッドから抜け出すと、シャワーを浴びながら、美月が目覚めたあとのことを考えていた。

謝るべきだろうか。それとも何事もなかったかのように流すべきだろうか。美月が昨夜のことをどう思っているのかが知りたいと、俺は溜め息をつきシャワーを止めた。

昨夜の美月は恐怖のあまり我を忘れていた。俺に抱かれたのも、一人では怖いという思いからだっただろう。

一夜明け、彼もかなり落ち着きを取り戻しただろう。もしかしたら昨夜の行為を後悔しているかもしれない。

やはり謝るべきか、と思いながら俺は服を身につけ、濡れた髪を拭いつつ浴室を出た。

「あ……」

部屋に戻った途端、まだ寝ているだろうと思っていた美月がベッドから身体を起こし、呆然としている姿が目に飛び込んできた。

「大丈夫？」

慌てて駆け寄り声をかけると、美月はまだ呆然としながらも、「うん」と小さく頷き、そのまま俺の前で項垂れてしまった。

「気分は？　悪くないか？」

意識はしっかりしているようだが、体調が悪いのかもしれない。俺はベッド前の床に立て膝で座り、美月の顔を覗き込もうとしたのだが、そのときドアチャイムが連打される音が響いてきて、俺を、そして美月をぎょっとさせた。

「ちょっと待ってて」

チャイムの連打のあとには、ダンダンダンダンと激しくドアを叩かれ、一体誰だ、と俺は部屋を突っ切ると玄関に走り、

「どなたですか」

と問いかけながら、ドアチェーンをかけたままドアを開いた。

「あ」

「開けろよ！　ここにいるんだろう！」

狭いドアの隙間から凶悪な顔を覗かせ、喚き散らしたのはなんと、亨だった。どうして彼が、と慌てはしたが、閉め出すわけにもいかず、一旦ドアを閉めてチェーンを外すと再

びドアを開いて亨を迎えた。

「亨、お前なんで……」

「いいから！　兄貴がここにいるだろう？」

亨は見るからに激昂《げっこう》していた。何がどうなっているのかわからないながらも、彼が靴を脱ぎ捨て俺の身体を押しのけるようにして部屋へと入っていく、その肩を掴んで俺は亨の足を止めようとした。

「離せよ！」

亨は俺の手を乱暴に振り払うと、物凄い勢いで部屋を突っ切り、ベッドの上で上掛けにくるまり震えていた美月の前に立った。

「泥棒!!」

ビッと伸ばした人差し指を突きつけ、亨が憎々しげに叫ぶその前で、美月がびくっと身体を震わせ、何も言わずに項垂れる。

「おい、亨、よせ」

何を言うんだ、と俺は後ろから彼の肩を掴んだが、亨はまたも俺の手を乱暴に振り払うと、指を美月に突きつけたまま言葉を続けた。

「いつだってこいつは僕から何もかもを取り上げるんだ！」

「落ち着け、亨。一体何があったんだ？」

亨の興奮ぶりは尋常ではなかった。確かにこの間も美月に対して酷い態度を取っていはしたが、今日はあのときとは比べものにならないくらい、彼の瞳や口調には美月への憎悪が籠もっていた。

「何があったかだって？　教えてやるよ！」

亨は敏感に俺が美月側に立っていることを察し、今度はその憎悪の目を俺へと向けてきた。

「円城先生に役を降ろされたんだよ！　理由を聞いたらなんて答えたと思う？　実力で役が取れたとでも思っていたのか、事情は帰って兄貴に聞けって、鼻で笑われたよ！」

「……ひっ……」

亨の怒声は俺に向けられたものだったのに、悲鳴を上げたのは美月だった。

「美月さん？」

どうしたんだと彼へと駆け寄ろうとする俺の腕を、亨が掴む。

「貴人もそうなのか？　僕より美月がいいのか？　どうしてなんだよ。どうしてこんな泥棒猫を、貴人は守ろうとするんだ」

「落ち着け、亨。いいか、話を聞いてくれ」

「何が話だ！　もういい！　知らない！　どいつもこいつも、もう、最低だ！」

亨は、俺が美月を庇おうとしたことに絶望したのだと思う。彼の端整な顔がくしゃくしゃと歪んだと思った次の瞬間、亨は部屋を駆けだしていってしまった。

「亨！」

あとを追おうとした俺の背後で、美月が「わぁ」っと泣き叫ぶ声がする。

「美月さん」

「……追って……追ってくれ。亨を。亨を……」

お願いだから、と泣きじゃくる彼が、亨の出ていったドアを必死で指差している。

「わ、わかった」

泣きじゃくりながらも美月があまりに必死に訴えてくるため、俺はまずその願いを叶えようと彼に頷いてみせ、「待っててくれ」と言い置くと上着を手にアパートを飛び出した。

亨はどちらに行ったのか、おそらく自分の家とは反対方向だろうという俺の読みは当たった。

「亨！」

ようやく彼の後ろ姿を発見した俺が大声で名を呼ぶと、亨の背がびくっと震え、そのまま彼は俺を振り返りもせず駆け出そうとした。

「待てよ！　亨！」

美月に頼まれたから、という理由もあったが、亨の様子はどう見ても普通ではなかった。詳しい事情を聞きたいという思いもあり、俺はまたも大声を上げると、更に足を速め、なんとか亨に追いつきその腕を掴んだ。

「離せよ」

「……亨、何があったんだ？　役を降ろされたって本当か？」

亨は俺の手を振り払おうとしたが、俺が息を切らせながら問いかけた言葉に、彼の動きが止まった。

「……本当だよ。今朝、劇団に呼び出されたんだ」

がっくりと肩を落とした亨が、ぼそりと呟く。

「……座るか」

ちょうど通りかかったところが小さな公園だったので、俺は亨の腕を掴むと、公園の中、ブランコに向かって歩き始めた。

亨は思いの外大人しくついてきて、俺がブランコに座ると彼もまた、同じように並んでブランコに腰掛けた。

「今度の公演って、十周年記念のやつ？」

何も喋らなくなった亨の口を開かせようと、小さくブランコを漕《こ》ぎながら問いかけてみる。

「……うん……」

亨はまた小さく頷いたあと、彼もまた小さくブランコを漕ぎ始めた。大の大人が二人して、小さなブランコを無言で漕いでいる。傍目に見ればふざけているとしか思えない画だろうが、亨も、そして勿論俺もこの上なく真剣だった。

暫く時間が経ったあと、ようやく話す気になったのか、亨がぽつりと言葉を漏らした。

「……初めて、結構大きな役がついたんだ……十周年記念公演だったし、嬉しかった。でも正直、どうして僕が、という思いもあった。まだ新人だし、実力だって伴ってるわけじゃないし……」

「…………」

そんなことはないと答えるのは容易だが、実際彼の舞台を観たこともないのに、安易に言うべきではないと俺は思い、彼が再び口を開くのを待った。

「……劇団員にも、随分いろいろ言われた……中に、円城先生が兄貴を気に入っているから僕に役がついたと言う奴もいて、何を言ってるんだと思っていたけど、実際そのとおりだったんだ……」

「……それは……」

そうとは言い切れないのでは、と言おうとした俺の声を、亨が「いや」と強い口調で遮った。

「そうだったと、今日言われたんだ。円城先生に」

「………」

憎々しげに一点を見つめ、そう吐き捨てた彼の視線の先にいるのは誰なのか――もしや、と俺が案じたとおりの言葉を亨が口にする。

「……役を降ろす理由は兄貴に聞けと……もともと実力を見込んだキャスティングじゃなかった。そのくらいのこともわからなかったのかと……」

「……亨」

やはり亨の憎悪の対象は、真欧ではなく美月本人に向いているようだ。『兄貴』と口にしたときに彼の顔が酷く歪んでいたのがそれを物語っていた。

「兄貴は僕から何もかもを取り上げるんだ。初めての大役も、僕の母親も、そして――」

亨の鋭い目が俺へと注がれたあと、彼は一瞬泣き出しそうな顔になり、すぐにふいと目を伏せ、呟くようにこう告げた。

「……貴人も……」

「…………」

ごめん、という言葉が口をついて出かけたが、ここで謝れば更に亨を傷つけることになると気づき、俺は口を閉ざした。

また無言のまま、ギイギイと互いに小さくブランコを漕ぐ音が周囲に響き渡る。その音を聞きながら俺は今聞いたばかりの亨の話を頭の中で思い起こしていた。

昨夜、あの悪趣味なSMクラブを俺に抱かれて出て行こうとした美月を真欧は『何が起こるのか、お前はわかっているんだろうね』と脅していた。

その結果が亨の降板だった、ということは——？

脅されたのは昨日だけではないのかもしれない、という考えに俺が至るまでに、そう時間はかからなかった。

やはり美月は亨を餌にされ、いやいや真欧に従っていたのではないだろうか。亨に役をつけてやるからと、言うことを聞かせ、役をつけたあとには、命じたとおりにしなければ役を降ろすと彼を脅す。

弟のために、ああも辛い——人間の尊厳をまるで無視した恥辱に塗れた行為を受け入れるなど、いくら弟思いの兄であっても考えがたいとは思うが、美月には世の兄弟にはない負い目があった。

彼の母親の存在が、亨の母を自殺に追いやったという負い目――だがそれに関し、美月に責任はまるでない。責められるべきは父親であり、亡くなった美月の母親本人であることは当然亨もわかっているだろうが、責めたくてもその二人は鬼籍《きせき》の人で憎しみをぶつけることができない。

その憎しみが美月へと向かってしまった亨の心情はわからないでもないが、何も悪いことはしていない――それどころか、彼自身も父親が亡くなって初めて事情を知ったという美月が、そうも罪悪感に苛まれることはないのではないか、と俺は思わずにはいられなかった。

家族内の立ち入ったことに、俺が口を出す資格はない。そうは思ったが、美月を憎む亨も、亨に憎まれる美月も、どちらも放っておくことはできないと、俺は亨に今まで自分が見てきたことを打ち明ける決意を固めた。

「……気持ちはわかる……なんて言うと軽々しく感じるかもしれないけれど……」

唐突に口を開いた俺に、亨の目線が注がれる。きゅっと唇を引き結んだ顔は、『お前に何がわかる』という彼の気持ちをそのまま表しているようだったが、なんとか彼にわかってもらいたいと俺は必死で言葉をつづっていった。

「……亨は美月さんが何もかもを取り上げると言ったけど、それは違う。美月さんはお前のために、何もかもを投げ出してるんだよ」

「……何を投げ出したって言うんだ」

怒りの滲んだ亨の声が、俺の言葉を遮った。

「あいつは何も失ってないよ。劇団に就職できたのも、僕の忘れ物を届けにきたのがきっかけだった。円城先生がちょうど海外ものを翻訳できる人間を探してて、それで兄貴に声をかけたんだ。収入だって随分よくなった。その上円城先生に気に入られ、随分いい思いをしてるという噂だ。高級なレストランに連れていってもらったり、それに……」

「いい思いなんかしているものか！」

憎々しげに言い捨てる亨の声を、今度は俺が遮った。美月がどれだけ辛い思いをしていたかを思うと、怒声を張り上げずにはいられなかったのだ。

「……貴人？」

俺は滅多に声を荒立てることはない。亨相手にも一度も怒ったことはなかったと思う。その俺に怒鳴りつけられ、亨は戸惑ってしまったようで、ぽかんと口を開け、「いいか？」と更に怒声を張り上げた俺を見やった。

「美月さんがどれだけ真欧に酷い目に遭わされてきたか、お前は何も知っちゃいない！ それもこれもすべて亨、お前のためだったんだぞ？ お前のためにあの人は、犬のように扱われても一人で耐えていたんだ！」

「い、犬？」

意味がわからない、と問い返してきた亨に真実を話すことを美月は果たして望むだろうかという思いが俺の胸に去来したが、言葉は止まらなかった。

「ああ、そうだ！　真欧は真性のサドだ。あいつはお前を餌に美月さんにそれは酷いことを強いてきたんだ！」

「酷いことって何だよ。それにどうしてそんなことを貴人が知ってるんだよ」

怒鳴られた衝撃からようやく立ち直ったのか、亨が俺にくってかかる。

「俺のバイト先に偶然来たんだよ！」

それから俺は手短に、美月が来店したときの様子を、真欧にされていた仕打ちを亨に説明した。

「……そんな馬鹿な……」

亨は俺の話を信じようとしなかったが、俺が「本当だ」と繰り返し、最後には昨夜美月が体験させられた酷いショーの話をすると「そんな……」と絶句してしまった。

「真っ当な人間が耐えられることじゃないと思う。それなのに美月さんはずっと我慢してたんだ。お前のために！　すべてを失ったのはお前だけじゃない。美月さんは随分前からすべてを投げ出していたんだ。誰のためでもない、お前のために！」

「…………」

きっぱりと言い切った俺の前で、言葉を失っていた亨の顔は真っ青だった。

「……俺はお前を責めてるわけじゃない」

茫然自失状態だった亨は、俺のその言葉を聞いた途端、勢いよくブランコから立ち上がった。

「亨！」

そのまま駆け出した亨のあとを追い、腕を掴む。

「……兄貴……」

亨は一言そう呟くと俺の腕を振り払った。駆ける彼のあとを俺も追う。

亨の行き先は俺のアパートと思われた。彼は美月に話を聞きたいのだろう。美月本人の口から真実を確かめたいのではないかという俺の読みは、おそらく当たっていると思うが、亨が真実を知り得たあとにどのような行動に出るかは、少しも予測がつかなかった。

美月に詫びるか。それとも怒声を浴びせるか。

頼んだわけじゃない、と怒るか、申し訳なかったと詫びるか。どちらにも転がりそうな気がしたが、まず美月は真実を語らないのではないかという予想が、一番当たっているような気がした。

　全力疾走したため、俺のアパートには間もなく到着した。階段を駆け上り部屋へと向かう。

「兄貴！」

　ドアを勢いよく開け、部屋に飛び込んだ亨のあとに俺も続いたのだが、見渡すまでもない1DKの部屋のどこにも美月の姿はなかった。

「兄貴！」

　亨が靴を脱ぎ散らかして部屋へと上がり、室内をぐるりと見渡す。

「風呂か。トイレか」

　俺も部屋に上がり、まず風呂、そしてトイレを覗いたが、美月の姿はなかった。

「……どこへ……」

　気づけば彼の寝ていたベッドが綺麗に整えられ、一枚の紙片が上に乗っている。もしや、と俺はベッドに駆け寄り、その紙片を取り上げた。思ったとおりそれは美月の書き置きで、いかにも彼らしい繊細で綺麗な文字を俺は目で追い始めた。

『服を借りました。断りもなく申し訳ありません　美月』

「……兄貴、どこへ……」

俺の横から書き置きを覗き込んだ亨が、呆然と呟く。

「家に帰ったんじゃないか？」

「……あ、ああ」

俺の指摘に亨は慌ててポケットから携帯を取りかけ始めたが、すぐに「駄目だ」と電話を切り、再び番号を呼び出した。

「……駄目だ。携帯にも出なければ家電にも出ない……」

途方に暮れた顔になり、電話を切った亨に俺は、

「美月さんの行きそうな場所に心当たりは？」

と彼の肩を掴んだ。

「……心当たりなんて……」

ない、と首を横に振りかけた亨の肩を、

「なんでもいい。ちょっとでも思い当たる場所があれば」

言ってくれ、と揺さぶったとき、俺の頭に「もしや」という閃《ひらめ》きが走った。

「亨、真欧は？　真欧は今どこだ？　家か？　それとも劇団か？」

「円城先生？」

俺の剣幕に押され、亨はぎょっとしたようだが、すぐに、はっと我に返った顔になった。

「今の時間ならまだ劇団にいると思う」

「わかった！」

美月が真欧の許を訪れたというのは俺の直感だった。亨に罵られ、彼が役を降ろされたことを知った美月が、真欧のもとを訪れ再び亨を役に返り咲かせるよう頼み込む――ない話ではない。それどころか、充分あり得る。否、それしかあり得ない気がする。

気が狂うほどの恐怖体験を命じた張本人である真欧になど、当分会いたくはないだろう。だが美月は――亨に負い目のある美月であれば、亨のために恐怖のどん底へと己を叩き落とした相手に会いに行くに違いないのだ。

おそらく真欧はそれを見越して、亨に対し『美月にすべてを聞け』と言ったと思われる。亨に美月を責めさせ、再び己のもとへと向かわせる――悪魔のようなあの男なら、そのくらいの策を弄しかねない。

罠を張られた真欧のもとに向かった美月が、如何《いか》に酷い目に遭わされるか――想像しただけでも胸が潰れそうになる。

美月、頼むから無事でいてくれ――。

神に祈ることなど滅多にないのに、そのとき俺は天に向かい、ただただ美月の無事だけを祈り続けた。

亨が役を降ろされたと聞いては、じっとしていられなかった。

僕のせいだ。僕が昨夜、あの人の言いつけに背いたせいだ。

謝らなければ、と必死であの人の許に駆けつけたのだが、あの人はそれを見越していたようだ。

「やあ、来たね」

そう満足そうに微笑んだが、すぐに厳しい顔になると僕に服を脱ぐように命じた。裸になってあの人の前に立つと、それまで微笑んでいたあの人の眉間にくっきりと縦皺が刻まれた。

「これはなんだ？」

机の上にあった赤のサインペンを手に取り、ペン先で僕の胸の上をぐりぐりと抉るように動かす。

「………っ」

肌に昨夜の行為の名残が——紅い吸い痕が残っていることに気づかず服を脱いでしまった自分の愚かさに、僕は唇を噛んだ。

「あの男がつけたのか?」

言いながらあの人は、紅い吸い痕の上を順番にサインペンでぐりぐりと抉っていく。そのうちに僕の胸は真っ赤な痕がいくつも記されることになったが、そのくらいではあの人の怒りは収まらなかった。

「四つん這いになって、尻をこちらに向けなさい」

「は、はい」

言われたとおり、床に両手両膝を突く。部屋に入るときに僕は鍵をかけていなかったことに気づいた。こんな昼日中、誰かがこの部屋を訪れたらどうしようと心配になったが、この部屋に入るのにノックをし、入室許可を得ない劇団の人間はいない。

劇団の人たちには、あの人と僕との関係が少しずつ漏れ始めているようなのだが、面と向かってあの人に意見する人間もまた、誰もいないのだった。

劇団内ではあの人は神なのだ。何をするのも許される、絶対的な存在だ。そんな神に気に入られていると僕は随分とやっかまれているそうなのだが、僕がどのように『気に入られている』かを知る人間もおそらくいないと思われた。

「寝たのか、あの男と」

怒りの籠もった声が頭の上で響いたと同時にほとんどついていない尻の肉を掴まれる。

「……っ」

強い力に思わず悲鳴を上げそうになったが、いきなりそこに細い何かが突っ込まれたのに息を呑んだせいで、声を上げることはなかった。

「寝たのか、と聞いてるんだ」

ぐいぐいと中を抉っているのは、先ほどまで僕の胸を汚していたサインペンらしい。容赦ない動きが生む痛みが僕の声を奪い、四つん這いの姿勢のままじっと身を竦ませながら、ここはどう答えたらいいのかと必死で考えを巡らせた。

正直に『寝た』と告白したほうがいいのか。それとも『寝ていない』と嘘を貫いたほうがいいのか。

嘘だとわかればどんな目に遭うかわからないとは思ったが、万一『寝た』などと言えば、彼にどんな迷惑が及ぶか、それを僕は案じていた。

彼に対して申し訳ないと思うと同時に、本当に僕は彼と関係したのだろうかと、昨夜のことをとても信じられずにいた。

どうして彼は僕を抱いたのか。僕を哀れと思ったから？　恐怖に震える僕を安心させようとしただけなのか?

そう、僕は彼の胸の中で安心しきって眠った。優しい温かな腕の感触を思うだけで僕の胸は熱くなる。

――いつしか僕の思考が、昨夜の行為へと、そして彼へと向いていたことに、あの人はすぐに気づいてしまった。

「美月、お前は……」

ぐいぐいと僕の中を抉っていたペンが引き抜かれたと思った次の瞬間に、上から降ってきたそのペンが僕の頬に当たった。

「……痛っ」

「起きろ!」

あの人がペンを僕に投げつけてきたのだと理解したと同時に、僕はあの人に命じられるままに身体を起こし、正面を向いた。

「……お前は僕の犬だ。わかってるだろう?」

見上げたあの人の顔は、今まで見たことがないほど恐ろしいものだった。怒りに歪む顔を前に、僕の身体ががたがたと震えてくる。

「犬なら犬らしく、ほら、舐めろ」

あの人が乱暴な動作で自身のスラックスのファスナーを下ろし、少し勃ちかけている雄を取り出し僕に示す。

「舐めろ」

「……あ、ありがとうございます」

ご主人様のものを舐めさせてもらうときには礼を言え、というのがあの人の指導だった。何度も何度も練習させられたせいで、反射的にそう言い手をのばした僕を見下ろすあの人の顔から、少しだけ厳しい表情が緩んだ気がした。

「美味しいか？」

両手で捧げ持つようにし、口を開いてゆっくりとそれを含んでいく。ぺろぺろと先端を舐め、ちゅうちゅうと鈴口を吸ってみせると、あの人の声は少し掠れ、ちらと見上げた表情がまた、少し柔和になった気がした。

「はい、美味しいです」

あの人を口から放し、僕は大きく頷いてみせた。

「もっと美味しいものをやろうか」

あの人が自身の雄を手に取り、にっこりと目を細めて僕に微笑みかけてくる。

「……え……」

嫌な予感がする——急ににこやかになったあの人が何を言い出すのかはわからなかったが、この半年の経験から更なる苦痛を強いられることだけは察せられ、僕は思わず小さく声を上げていた。

「何を怖がっている？」

「も、申し訳ありません」

あの人は尚もにこやかにそう言い、僕をじっと見据えてくる。血の気がさっと引けるのが自分でもわかったが、僕の顔色はあの人にもわかるほどに青ざめているようだった。

ふん、と鼻で笑ってみせたあと、あの人が歌うような口調で話し始める。

「昨日お前はステージの上で粗相をしただろう？」

「……は、はい……」

頷いたものの、あの人の言う『粗相』の意味が、僕には最初わからなかった。あのときのことは思い出したくもないからだったのだが、あの人はそんな僕の心理をすべて把握した上で、僕を追い詰め始めた。

「人前で失禁するなど、人として恥ずかしいと思わないかい？」

「……も、申し訳ありません」

そうだ、僕は失禁してしまったのだ——恐ろしい記憶と共に羞恥の念が湧き起こり、目眩すら覚えていた僕の耳に、信じられないあの人の言葉が響く。

「どこでも垂れ流してもいいなどという躾はしていないはずだよ。美月。お前は罰を受けないといけない」

「…………」

罰、という言葉を口にするとき、あの人はそれは晴れやかに微笑んでみせたのだが、彼の目は少しも笑っていなかった。

怖い——どのような罰を与えられるのか、おそらく僕の想像以上の罰を考えているに違いないあの人の前で、僕の身体は傍目にもわかるほどにがたがたと震え始めてしまっていた。

「罰でもあるがお前にはご褒美でもある」

そう言い、僕に向かって手にしていた自身の雄を示して寄越したあの人の瞳は煌めき、頬は紅潮していた。

「咥えなさい。言ったろう？　もっと美味しいものをあげると」

「……っ」

その瞬間僕は、彼が何をしようとしているのかをおぼろげながら察したが、もしもそれが正解だとしたらさすがに耐え難いことだと、その場を動けなくなってしまった。

「何をしている？　咥えるんだ。昨日お前が粗相をした分、今度は残さず飲み干すんだよ。精液よりも美味しいはずだよ。零すなど勿体なくてできないと思うけれどね」

さあ、とあの人が雄を僕の口へと押し当ててくる。

できない――今まで数え切れないほどの屈辱を、苦痛を味わわされてきたけれど、さすがにそれはできないと僕は堪らず首を横に振ってしまった。

「できない？」

あの人の顔から一瞬にして笑顔が消え、鬼のような形相になったと思ったと同時に、頬に物凄い衝撃を受け、僕は床へと倒れ込んだ。

「できないわけがないだろう！　お前は犬だ！　犬が何を躊躇っている！」

僕の頬を張ったその手が僕の腕を掴み、無理やりに起き上がらせる。

「さあ、口を開けて！」

言いながらあの人が僕の口に、無理やりそれを押し当ててくる。

「開けないか！」

嫌だ、と唇を噛み締めていた僕の顎を掴み、あの人が強引に僕に口を開けさせようとする。

「さあ！」

力ではかなわず、無理やり開かされた口にあの人がすっかり勃起したその雄をねじ込もうとしたそのとき——。

「何をしている！」

ノックもなしに開いたドアから聞こえてきたのは、あまりに聞き覚えのある彼の声だった。

Side Takahito 8

劇団の事務所の一番奥にある真欧の部屋の前に到着したとき、それまで先を走っていた亨がドアをノックするのを躊躇した。

亨も『劇団魔界』の一員だ。酷い扱いを受けたとはいうものの、彼にとっては未だ真欧は『神』のような存在なのだろうと察した俺は、彼を押しのけ、部屋のドアを開いた。

その途端目に飛び込んできた光景に俺は一瞬言葉を失ってしまったのだが、それは室内にいた真欧と美月も同じだった。

真欧と美月は、信じられない様子をしていた。全裸に剥かれた美月が跪き、真欧は彼の顎を掴んで己の雄を口へと押し込もうとしている。

「何をしている！」

すぐに我に返った真欧は、美月の身体を勢いよく離すと、あっという間に服装を整え俺を睨みつけてきた。

「何事だ」

「あ」

バランスを失い床へと倒れ込んだ美月の胸が、赤いサインペンで汚れている。またも酷い目に遭っていたのか、と憤りに突き動かされ、俺が真欧にくってかかろうとしたそのとき、

「うわーっ」

俺のあとから部屋に入ってきた亨が、獣のような叫び声を上げたと思うと、真欧めがけてまっしぐらに駆け寄っていった。

「亨！　下がれ！」

真欧がそんな亨を一喝《いっかつ》する。亨は一瞬足を止めたが、彼の目はぎらつき、正気を失っているように見えた。

「亨！」

何をする気だ、と俺は彼に駆け寄ろうとしたのだが、亨には俺の声など届いていないようだった。

「部屋を出ていけ！　ここはお前ごときが無断で入れる場所じゃない！」

居丈高に叫ぶ真欧を亨はぎらつく目で睨んでいた。

「出ていけ！」

真欧が再び叫んだとき、亨の身体が動いた。なぜか真欧には向かわず、彼の傍らにある書き物机に向かったとその動きを追っていた俺は、机の上に置かれていたペーパーナイフを亨が掴んだのに、いけない、と大声を上げた。

「よせ！　亨！」

後ろから彼に飛びかかろうとしたが、亨は一瞬早くナイフを構え、叫び声を上げながら真欧へと向かっていってしまった。

「うわーっ」

「亨！」

さすがの真欧もぎょっとしたのか、逃げることも忘れその場に立ちつくしている。このままでは亨が真欧を刺す、それだけは阻止しなければと思ったが、亨の動きは素早く俺の制止は間に合わないと思われたそのとき——。

「いけないっ」

真欧の傍に倒れ込んでいた美月が、信じられないほどの俊敏さで立ち上がり、亨と真欧の間に身体を投げ出してきた。

「あぁっ」

亨の勢いは止まらず、彼が構えていたペーパーナイフが美月の脇腹に刺さる。一連のできごとは、まるでスローモーション画面のように俺の目に映っていたが、どさり、と美月が床に倒れ込んだのに、俺の周りの時間軸は現実の速度を取り戻した。

「美月さん！」

血の付いたナイフを手に立ちつくす亨と、同じく言葉を失い呆然としている真欧の間に、美月は倒れていた。脇腹を押さえる彼の手の、指の間から鮮血が流れ落ちカーペットを濡らしている。

「しっかりしろ！」

俺は着ていたコートを脱ぐと、それで美月の身体を包んで抱き上げた。

「すぐ病院に！」

救急車を、と亨に怒鳴っても、

「あ……あ……」

亨は意味のない言葉を口にし、震えているばかりで携帯を取り出すことすらできないでいる。

「亨！」

しっかりしろ、と俺が再び彼を怒鳴ったそのとき、

「……救急車は……駄目……」

俺の腕の中で、痛みに呻いていた美月の細い声が聞こえてきたのに、俺も、そして亨もはっとし、彼の顔を覗き込んだ。

「……僕は大丈夫だから……ことが公になると、まずいから……」

弱々しい声ではあったが、きっぱりとした口調でそう言う美月に、亨がくってかかる。

「なんだよ！　そんなに円城先生が大事なのかよ！」

「違うよ。美月さんはお前のことを気にしてるんだよ」

そう――美月は真欧のことを庇ったわけではない。亨に真欧を刺させまいと身体を張って彼を守ったのだ。

弟を犯罪者にはしたくない、だからこそ彼は救急車も呼ぶなとこうもきっぱりと言い、自分は大丈夫だと嘘をつく。

いたましい――美月の心情を思うと涙が出そうになったが、今はそれどころではないと彼を抱き直し「行くぞ」と俺は亨に声をかけた。

「い、行くってどこへ……」

「病院！」

叫んだ俺に腕の中の美月が「……駄目だ……」と弱々しく首を横に振る。

「大丈夫だ。親父の主治医のところに行こう。秘密は守ってもらえるから」

「主治医？」

俺の言葉に亨が驚いた声を上げ、美月も目を見開いたが、今は説明するよりもまず行動だと、部屋を飛び出し車へと向かった。

赤坂《あかさか》に大きな個人病院を構える佐伯《さえき》という医師は父の古くからの知り合いで、父も母も、そして俺も彼には随分世話になった。

俺のことを子供の頃から知っている佐伯は、俺が事情を説明するより前に手早く美月の手当をしてくれたあと、

「たいした傷じゃない」

と俺を、そして心配そうに傍に控えていた亨を安堵させた。

「……悪いんだけど、このことはどうか内緒に……」

警察には届けないでほしいという俺に、佐伯は渋い顔をしたものの、刺したのが被害者の弟の亨で、事故だったのだと説明すると、「わかった」と承知してくれた。

美月の頬が腫れていたことや、背中に残る鞭らしきものの痕に、いろいろと事情があると察してくれたらしい。

「麻酔が効いて眠っている。幾日か入院したほうがいいな」

父にも内緒にしておいてやる、と佐伯は俺の肩を叩き、何かあったらすぐ呼ぶようにと

言い残して美月の病室を出ていった。

「………ありがとう。それから……申し訳ない」

室内には眠っている美月、それに俺と亨が残された。佐伯が出ていったあと、亨は改めて俺に深く頭を下げ、涙を零した。

「……泣くなよ」

俺は亨の肩を叩いて顔を上げさせると、拳で目を擦っている彼を慰めようとしたのだが、うまい言葉が浮かばず一瞬口を閉ざした。

「……貴人の言うとおりだったな」

逆に亨がぼそりと呟くようにそう言ってきたのに、またも返す言葉が浮かばず俺は、

「そうだな」

と頷き返し、麻酔がきいているせいでやすらかな寝息を立てている美月を見下ろした。

「……知らなかった。兄貴があんな酷い目に遭わされていたなんて……」

亨は相当ショックを受けているようだった。尊敬していた真欧の素顔を知らされたこともショックなら、兄が自分の犠牲になりその真欧に酷い目に遭わされていたのを目の当たりにしたこともショックだろうし、激昂して人を刺そうとしたこともショックなら、実の兄を実際刺してしまったこともショックだったに違いない。

亨の眼窩《がんか》はすっかり落ち窪み、顔色はどこまでも悪かった。自分を責めているであろう彼に俺は、自分の思う美月の心情をぽつぽつ語り始めた。

「……美月さんはお前だけには知られたくない様子だった。本当に美月さんはお前のことを大事にしているとも思った。お前のためならなんでも耐えられる、そう思っていたんだと思う」

「なんでだよ……僕は兄貴に酷いことばかり言ってたのに……酷い態度ばかり取ってたのに、なんで兄貴は……」

亨もまた美月を見やり、力なくそう呟き目を伏せる。

「兄弟だからだろ」

俺がそう言うと、亨はびく、と肩を震わせたあと、ゆっくりと視線を上げ、再び美月を見やった。

「……父親が死ぬまでは、僕たち、仲良かったんだ」

暫くしてからまた亨が美月を見つめたまま、まるで独り言のようにぽつりと呟き、はあ、と小さく溜め息をつくとまた、口を開いた。

「……血の繋がりはないけれど、僕は美月を兄だと思ってたし、美月も俺を本当の弟のように可愛がってくれた……でも実際、血の繋がりがあることがわかったあとは、お互いそうは思えなくなった……いや、お互いじゃなくて、僕が、なのかもしれないけど……」

皮肉だよね、と亨は笑ったが、その顔は泣いているようにしか見えなかった。

「……亨……」

「……自分の母親が、僕の母親の自殺の原因だと知ったとき、僕もショックを受けたけれど、兄貴もショックを受けていた。それから兄貴は僕に対して、とても気を遣うようになった。僕が彼に対して当たり散らしてたから、それは仕方ないのかもしれないけど……」

よろ、と亨が美月の寝ているベッドへと近づき、じっと彼の顔を見下ろす。

「……僕に気を遣う兄貴に、苛々して仕方なかった……僕に対して卑屈にしている兄貴を見るのが、嫌で仕方なかったんだ」

そう言う亨の声は酷く震えていた。ぽたり、と彼の目から零れた涙の滴が美月の寝ているベッドに落ちる。

「……亨……」

何か声をかけてやりたかったが、やはり言葉は浮かばず、ただ彼の名を呼んだ俺を、亨は顔を上げて振り返った。

「……貴人は兄貴が好きなのか」

「…………」

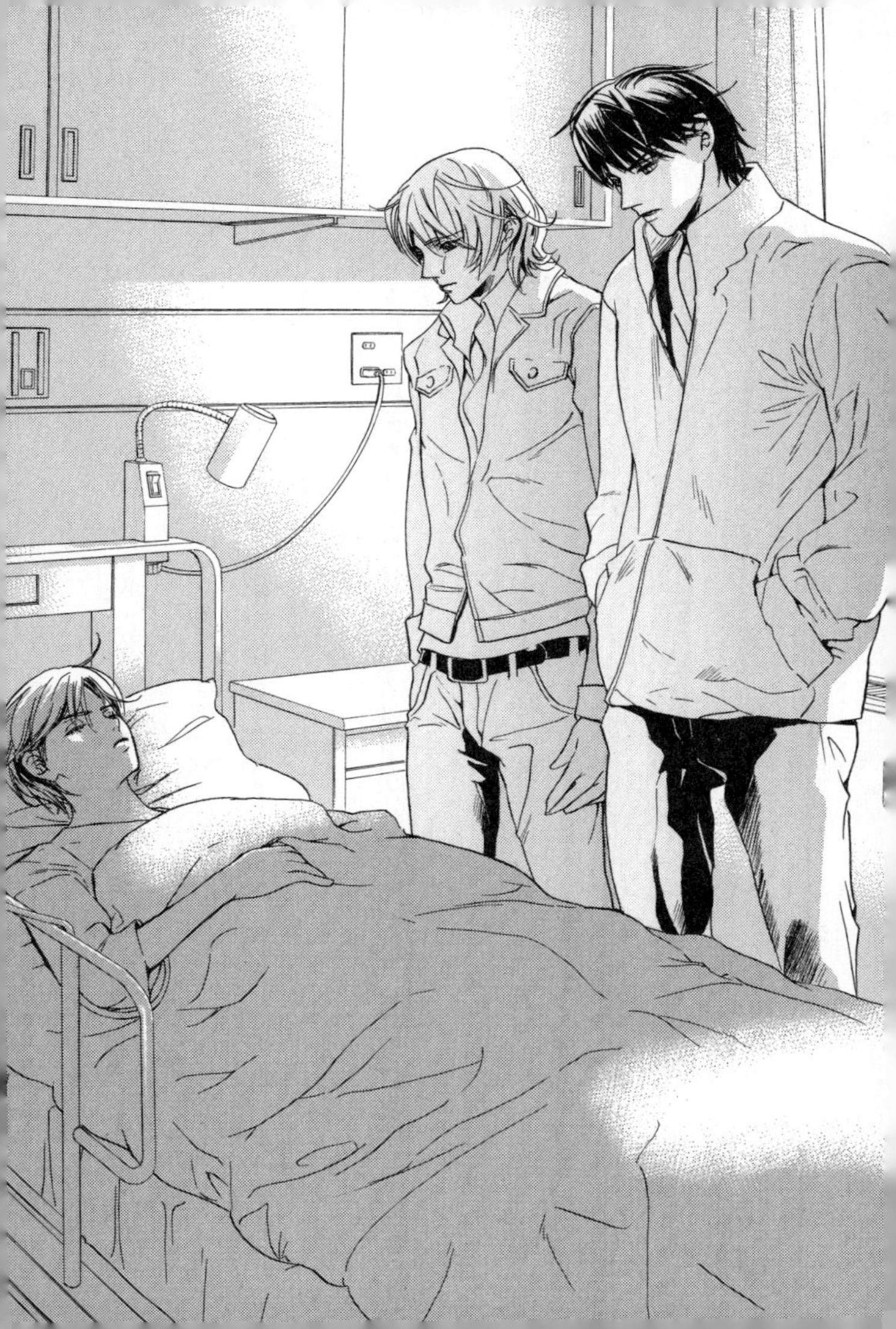

亨の顔は笑っていたが、彼の目からはぽたぽたと涙が零れ落ちていた。俺の脳裏に数日前、亨に『好きだ』と告白されたときの光景が蘇る。

今、亨に自分の気持ちを告げることは残酷ではないかと思ったが、嘘をつくほうが余程残酷だろうと、俺は彼を真っ直ぐに見返し、力強く頷いた。

「……ああ。好きだ」

「…………」

亨は俺の答えに一瞬目を見開いた。途端にぼろぼろと涙の滴がまた、彼の頬を伝い落ちる。

「……そうか」

だが亨はその涙を拳で拭うと、にこ、と笑ってみせた。

「兄貴も貴人が好きなのか？」

「……わからない」

笑顔のまま問いかけてきた亨は、俺の答えを聞いて少し驚いた顔になった。

「……そうか」

そうして彼はまた目を拳で擦ったあと、視線を美月へと戻し、暫くの間じっと彼を見つめていた。

「……貴人」

「なに？」

ぼそり、と俺の名を呼ぶ亨に問い返すと、亨は再び視線を俺へと戻し、また、にこ、と微笑んでみせた。

「兄貴のこと、頼む」

「え」

正直な話、俺は亨の口からそんな言葉を聞けるとは思ってもいなかった。それゆえ戸惑った声を上げてしまったのだが、亨は俺の前で苦笑するように笑うともう一度、

「頼むな」

力強くそう言い、頷いた。

「……わかった」

俺もまた彼に力強く頷き返す。俺たちは二人、少しの間見つめ合ったが、先に目を逸らせたのは、瞳を潤ませた亨のほうだった。

「……腹、減ったな」

明るい声でそう言い、時計を見る素振りをする。

「もうこんな時間だ。何か食うモン、買って来ない？」

「そうだな」

何事もなかったかのように笑いかけてくる亨に、俺もまた何事もなかったかのように笑い返す。

これから先も俺たちは、今までと変わらない友情を育んでいく。それが亨の望んでくれたことだと思うのは、俺一人の思い込みではないだろう。

「この近所、コンビニとかあったっけ」

「確かあった。しょぼい店だけど」

「しょぼくてもいいや。もう腹減って倒れそう」

明るく会話を交わす俺たちの間は、やはりどこかぎくしゃくしてしまっていたけれど、きっと近いうちにはこの『ぎくしゃく』もなくなるに違いない。

おそらく同じことを考えているであろう亨が、照れたように俺に笑いかけてくる。彼に微笑み返す俺の顔も照れているように見えるのだろうと思いつつ、俺たちは肩を並べて病室を出、今日一日美月に付き添うための食料を求めてコンビニへと向かったのだった。

美月は二日ほど入院したが、その間俺はずっと彼の病室に付き添っていた。その二日の間に亨は『劇団魔界』を辞め、前から好きで観に通っていた小さな劇団に頼み込んで見習い入団を認めてもらってきたといい、俺を驚かせた。

「凄いな」

「いや、『魔界』にいたってので、箔が付いたんだと思う。そういう意味ではあの劇団も役に立ってくれてよかったよ」

でも見習いだから、何から何までやらされ、当分忙しくなる、と亨は肩を竦めたあと、

「なのでお願いがあるんだけど」

と俺の肩を叩いた。

「なに？」

俺にできることならなんでも言ってくれ、と言おうとした俺は、続く亨の言葉に思わず絶句してしまった。

「兄貴のこと、暫く預かってもらえないかな」

「え……」

どういうことだ、と目を見開いた俺に、亨はぶっきらぼうな口調で言葉を続けたが、彼の顔は笑っていた。

「だから当分忙しくて、兄貴が家にいたとしても、世話ができないんだよ」

「……亨……」

これは彼なりの気遣いなのだろうとわかるだけに、俺はますます言葉を失ってしまったのだが、亨はそんな俺の肩をまたぽんと叩き、

「頼むな」

と、心からの笑顔を向けてくれたのだった。

亨とは病院のロビーで話していたのだが、亨はそのまま「バイトがあるから」と美月には会わずに帰ってしまった。

病室に戻り、ベッドに半身を起こして座っていた美月に、亨が新しい劇団に入ったと伝えると、

「そうなんだ」

美月は嬉しそうに微笑み、よかった、と小さく呟いた。

「当分忙しくなるそうだ。だから美月さんのことは頼む、と言われたよ」

「え？」

美月は驚いたように目を見開いたあと、「そんな……」と首を横に振った。

「退院したあとは暫くウチに来るといいよ」

かまわず言葉を続けると、美月はますます強く首を横に振り、

「そんなわけにはいかない」

と俺の申し出を固辞してきた。

「どうして」

「……こんなにお世話になったのに、これ以上迷惑をかけるわけには……」

いかない、と続けようとする美月の言葉を俺は、

「迷惑じゃないよ」

と遮る。

「西大路君」

「迷惑じゃない。是非ウチに来てほしい」

俺は美月のベッドに座ると、困ったように俯いた彼の顔を覗き込んだ。

「……でも……」

尚も固辞する美月の、上掛けの上に置かれた手を、握り締める。

「…………」

驚いたように顔を上げた美月に俺は、自分の思いを伝えようと口を開いた。

「好きなんだ」

「……え……」

美月は相当驚いたようで、綺麗な目を見開き、口をぽかんと開けて俺を真っ直ぐに見返してくる。

「好きだから、ウチに来てほしい。俺にできることならなんでもしたいんだ」

「…………そんな……」

呆然としていた美月の頬が、みるみるうちに紅くなり、彼の瞳が潤んでくる。俺の手を振り払うことなくじっと見つめ返してくれる、この反応はもしや、という期待が芽生え、思わず彼の手を更に強く握り締めると、美月ははっとした顔になり、俺の手を振り払った。

「美月さん」

独りよがりの期待だったたか、と唇を噛み締めた俺の前で、美月が項垂れ首を横に振る。

「僕にはそんな言葉をかけてもらう価値はないよ」

「価値?」

何を言ってるのだ、と俺は美月の両肩を掴み顔を覗き込もうとしたが、美月は頑なに俺から視線を逸らし続ける。

「美月さん、価値ってどういう意味?」

それでもしつこく彼の視線を追い続けると、美月は諦めたように大きく息を吐き、「それは」と口を開いた。

「……僕が今までどんな目に遭ってきたか、西大路君も知ってるだろう」

「知ってる」

即答した俺に、俺の手の中で美月の肩がびくっと震えたのがわかった。

「……それならわかるだろう？　僕にはそんな価値はないと……」

「価値ってなんだ？　人に価値なんかつけられないと俺は思うし、もしも価値の有無があるのだとしても、それは本人が決めることじゃなく、相手が——俺が決めることだ。俺にとって美月さんは大切な人だ。守っていきたい人でもある。俺を好きになってくれとは言わないけれど、せめて俺があなたを好きだという気持ちは受け止めて欲しい」

再び美月の手を握り、なんとかわかってもらおうと俺は自分の胸に溢れる思いを飾らぬ言葉で訴え続けた。

「……でも……」

美月は力なく俯いたままで、俺の目を見返そうとしない。

「好きなんだ」

「…………でも……」

『でも』しか言わない彼の声は掠れ、項垂れた肩が震えていた。泣いているのか、と俺は彼の顔を覗き込み、頬を伝う涙を見出しぎょっとする。

「どうして泣くの？」

それほどに困らせてしまったのだろうか、と慌てて問いかけた俺に、美月は無言のまま、首を横に振り続けた。そのたびに涙の滴が宙を舞い、上掛けの上に滴り落ちてゆく。

「あなたが好きだ」

美月の首は横に振られていたが、彼の手は俺の手を振り払いはしなかった。拒絶されていないと信じたいと思いつつ、俺は何度も『好きだ』という言葉を繰り返し、彼の手を握り締め続けた。

随分と時間が経ってから、美月は聞こえないような小さな声で、俺にこう尋ねてきた。

「……本当に、僕でいいの……？」

涙の滴の乗る長い睫が震えている。頬に落ちるその影も、噛み締めた唇の紅さも、細かく震える肩も、何もかもが愛しいと俺は、

「勿論」

と大きく頷き、美月の手を更に強い力でぎゅっと握り返したのだった。

美月の傷が完全に癒えたのは、退院し俺の部屋で寝泊まりするようになってから二週間後だった。

その二週間の間、俺は美月に「寝ていてくれていい」と言ったのだが、もとより美月は世話好きらしく、俺の食事の支度をしたり、洗濯や掃除をしてくれ、これではどちらがどちらの『世話』をしているのかわからない、と俺を恐縮させた。

美月もまた『劇団魔界』を辞め、昔のツテを頼って翻訳の仕事を再開することにしたそうだ。

その後、真欧から美月に連絡が入ることはなかったが、美月が退職届を送ったあと、劇団代表名で美月の口座に退職金として百万円の振り込みがあったそうだ。

美月はすぐに同額の小切手を真欧に送り返したが、やはり真欧からはなんの連絡もなかったという。

真欧が何を思って美月にそれだけの金額を支払おうとしたのかは、彼が何も語らないためにわからない。美月は「口止めだろう」と苦い顔をしていたが、もしかしたら彼なりの謝罪のつもりだったのかもしれない。

「もう、大丈夫だから」

すっかり傷は完治した、と俺に報告してくれたときに、同時に美月はそれらのことを報告してくれたのだが、続いて彼は俺に向かい、

「長らくお世話になりました」

と深々と頭を下げ、俺を慌てさせた。

「ちょっと待って。もしかして、もう治ったからここを出ていくって？」

「うん。いつまでも世話になるのも悪いし……」

俯く美月の手を、俺は思わず握り締める。

「……西大路君」

「……ずっとここにいて欲しいというのは、無理？」

確かに傷が治るまで面倒を見るという話だったが、できれば俺はこの先もずっと美月と暮らしたかった。美月自身、ここでの生活を楽しんでいたように見えたのは、俺の思い込みだったのだろうかと彼の顔を覗き込むと、

「……悪いよ……」

消え入りそうな声で美月はそう言い、なんだ、彼得意の遠慮か、と俺に安堵の息を吐かせた。

「悪くない。ずっと一緒にいたい」

「……西大路君……」

力強くそう言い、ぎゅっと手を握ると、美月はおずおずと顔を上げ、俺を真っ直ぐに見返してきた。

「美月さんは？　帰りたい？」

「…………」

俺の問いに美月は暫く答えずにいたが、やがて彼の首がゆっくりと横に振られるのを、俺はこの上ない幸福を胸に眺めた。

「……好きだ」

囁き、握っていた手を引いてみる。

「……あ……」

美月もまたそれを望んでいたのか、小さく声を上げたあと、彼の身体は俺の胸に飛び込んできてくれた。

「好きだ」

囁き、ぐっと彼の背を抱き締めると、美月もまた俺の背を、ぎゅっと抱き締め返してくる。

「……傷はもう、大丈夫？」

耳元に囁くと、美月はびく、と身体を震わせたあと、

「うん」

小さく頷き、俺を幸福の絶頂へと導いてくれた。

ベッドに彼を運び、服を脱がせる。ナイフの傷痕が痛々しい裸体をシーツの上に横たえ、
俺も手早く服を脱ぐと、恥ずかしそうに目を伏せている美月へと覆い被さっていった。

「……西大路君……」

首筋に顔を埋めようとしたとき、耳元で美月が思い詰めたような声で俺に呼びかけてきた。

「なに？」

顔を上げ、美月を見下ろすと、美月は潤んだ瞳でじっと俺を見上げた。

「どうしたの？」

何が言いたいのだろうと問いかけると、その瞬間美月は泣きそうな顔になり、俺を心底慌てさせた。

「ど、どうしたの？」

「……僕は……僕は、興奮すると、いやらしい言葉を叫んでしまうかもしれない……」

「え？」

何を言い出したのだ、と驚きながらも、そういえば前に彼を抱いたときに、そんな兆候があったと俺は思い出した。

「それが？」

どうしたのだ、と問いかけた俺に、今度は美月が、

「え？」

と戸惑った声を上げたあと、すぐ心配そうな顔になる。

「……いやじゃない？」

「全然。可愛いと思った」

俺の言葉に嘘はなかった。美月の可憐な顔を裏切るいやらしい単語は、俺を興奮させこそすれ、萎えさせる要素がまるでなかったのだ。

それゆえ正直に答えたのだが、美月は俺の言葉に心底ほっとした顔になり「よかった」と微笑んだ。

可愛い——そう思ったときには、もう俺は、美月は傷が癒えたばかりなのだし、という気遣いを忘れ、己の欲情に正直に従ってしまっていた。

「あっ……」

むしゃぶりつくように彼の胸に顔を埋め、乳首を口に含む。吸い上げ、舐り、ときに軽

く歯を立てながら、もう片方を指先でこねくりまわす。かつて彼を抱いたとき、胸への愛撫に美月は乱れに乱れたが、今日もまた彼は早くも高く声を上げ、身体を捩って己の享受《きょうじゅ》する快楽を表現し始めた。

「あっ……いい……っ……あっ」

ぷく、と勃ち上がった乳首を舌先で丹念に転がし、強く吸い上げる。もう片方を指先で摘み上げ、きゅっと強く抓ると、美月は背を大きく仰け反らせ、更に高い声を上げた。

「いい……っ……強くして……っ……あぁっ……」

更に強く抓り、もう片方を軽く噛んでやると、美月は更に興奮した声を上げ、たまらない様子で腰を捩った。早くも彼の雄が形を成しているのに気づいたとき、俺の身体は自然とずり下がり、美月の下肢に顔を埋めていた。

「……あっ……西大路君っ……っ」

ピンク色のそれを目にしたとき、咥えてみたいという衝動を抑えることができなくなった。フェラチオはされた経験はあるが、さすがにしたことはない。男のモノを咥えるのに抵抗があってもおかしくないはずなのに、俺は迷わず美月の可愛い雄を手に取ると先端からそっと口に含んでみた。

「やっ……」

美月が高く喘ぐ声が頭の上で響く。一瞬青臭さに、うっと来たが、舐っているうちにすぐに慣れた。

「んっ……んんっ……んふっ……」

舌で先端を舐り、竿を舐め下ろしてゆく。俺の口の中で美月の雄が大きくなる、それだけで俺自身が興奮すると思いながら、俺は丹念に彼の雄を舐り、睾丸を揉みしだき始めた。

「やぁっ……もうっ……もう、出るようっ……」

美月の甘えた声に、ますます俺の欲情は煽られる。先端を舐りながら竿を一気に扱き上げてやると、あっけなく美月は達し、俺の口の中に精を吐き出した。

「ごめんなさい……っ」

美月がはっとしたように身体を起こしたが、謝られるほど辛くはなかった。美味とはいわないが、思ったよりも飲みやすいと思いつつ喉を鳴らして飲み下すと、美月は心底申し訳ないという顔になり、俺を見下ろしてきた。

「……大丈夫？」

「うん。ここも舐めていいかな」

心配そうな美月の顔があまりに可憐だったせいか、俺は更に彼を気持ちよくさせたくなってしまい、美月の腰を上げさせると彼のそこに舌を這わせてみた。

「……だめ……っ」

美月は口では拒否したが、舌がアナルを舐め上げたとき、彼の身体がびくっと震えたのを俺は見逃さなかった。

「舐めさせて」

言いながら俺は両手で双丘を割り、露わにしたそこに舌を挿入させていった。

「やっ……あっ……あぁ……っ」

ひくひくと蠢いている内壁を舌で舐め上げると、美月の身体はびくびくと震え、今達したばかりの彼の雄が、早くも形を成してきた。

「指もいい？」

問いはしたものの、答えを得るより前に俺は、そこにずぶりと指を挿れてみる。

「あぁんっ」

びくっと美月の身体が震え、上がる嬌声が高くなった。指で、舌で散々そこを弄り回しているうちに、美月の雄はすっかり勃ちきり、彼の腹に透明な液を零し始める。

「あぁっ……きて……っ……きてっ……もうっ……もう、我慢できないようっ……」

二本の指でぐいぐい中を抉り、指で広げたそこを舌で嘗め回す。指に、舌にまとわりついてくる薄紅色の内壁の感触が、かつて一度だけ彼を抱いたときに得た快楽を思い起こさせ、俺の雄もいつしかすっかり勃ちきり、ぽたぽたと先走りの液を零していた。

「きてえっ……」

美月の声に誘われ身体を起こし、彼の両脚を抱え上げる。

「挿れてぇ……っ……おちんちん、おちんちんを挿れてぇっ」

興奮し叫びまくる美月の可愛い声は、俺をますます興奮させ、ひくつく彼のアナルに俺は怒張しきった己の雄を一気にねじ込んだ。

「深いっ……ふかぁいっ……あっあっあっ」

一気に奥まで貫くと、美月が歓喜の声を上げ、大きく背を仰け反らせた。そのまま激しいピストン運動を始めた俺の身体の下では、美月が乱れに乱れ、高く叫び続ける。

「いいっ……いいようっ……ずこずこっ……ずこずこしてっ……」

激しく首を横に振り、シーツの上で身悶えていた彼の両手が己の雄へと向かってく。

「扱いていいっ？　ねえ、扱いていいっ？」

譫言《うわごと》のように叫ぶ美月に、いいよ、と言うかわりに俺は、彼の片脚を放した手を添え、一緒に扱き上げてやった。

「いくぅっ……」

美月が叫んだと同時に達し、白濁した液が彼の首のあたりまで飛び散ってゆく。

「……くっ……」

ほぼ同時に俺も達し、彼の中にこれでもかというほど精液を放ってしまった。

「あぁ……あぁ……あぁ……」

美月が譫言のように喘ぎ、大きく息を吐き出す。

「……美月さん……」

うっとりした顔で息を吐いた美月は、俺の呼びかけに、はっと我に返ったようだった。

「……やだ……」

乱れた己を思い起こしたのか、みるみる彼の頬が赤く染まってゆく。恥ずかしい、と両手で顔を隠そうとした、その手を俺は握って顔の前から退けさせると、潤んだ瞳を真っ直ぐに見下ろし微笑みかけた。

「……好きだ……美月さん……」

「……うん……」

美月はまだ恥ずかしそうな顔をしていたが、俺がゆっくり唇を落としてゆくと、目を閉じ薄く唇を開いて俺のキスを受け入れてくれた。

「ん……」

ついばむようなキスが、やがて互いの舌を強く吸い合う濃厚なキスへと変じてゆく。

愛しい——あけすけな言葉も、快楽に素直な身体の反応も、何もかもが愛しいと思いくちづける俺の背に、いつしか美月の両手が回り、ぎゅっと抱き締めてくる。
彼もまた俺を愛しく思ってくれているのだろうと、俺はますます彼への愛しさを募らせながら、可愛い唇を貪るように塞ぎ続けた。

Side Mizuki　9

亨から携帯に電話があった。

明日は父の命日だから、一緒に墓参りに行こうという誘いで、僕が何を答えるより前に時間だけ告げ、電話を切ってしまった。

亨は——許してくれたのだろうか。

いつか僕らは、かつてのように、なんのわだかまりもなく微笑み合うことができるようになるのだろうか。

もしもそう彼に問うたとしたら、迷わず彼は——貴人は「なるさ」と答えてくれるに違いない。

「もう、なってるんじゃないかな」

そうも言ってくれるかもしれない、と思う僕の顔は笑っていて、自分が再びこうして笑う日を迎えることができた幸せを、僕は改めて噛み締める。

あの人の——真欧の犬だった僕を、貴人は救い出し、人間に戻してくれた。恥辱と屈辱に塗れた身体を、何も言わず、何も問わずに受け入れてくれた。強いられ、辛いばかりだった行為に、悦びと快感を与えてくれた。

貴人が現れなかったら僕はまだあの人の犬で居続けていたのかと思うと、恐ろしさで身体が震えてくる。

僕はもう犬ではない。

人間として貴人を思い、人間として貴人に思われる。

愛する人に想い想われる幸福を与えてくれた貴人と共に、更に幸福になりたいと欲張りなことを考える。

欲深さもまた、人間であることの証明だと己を甘やかし、更に欲深いことを僕は自らに望むことを許すのだ。

愛する弟と再び心通わせ、愛する恋人とこの先永遠に心通わせる日々を送ることができますように、と。

■あとがき■

はじめまして&こんにちは。愁堂《しゅうどう》れなです。このたびは二冊目のラピス文庫『帝王の犬～いたいけな隷属者《れいぞくしゃ》～』をお手に取ってくださり、どうもありがとうございました。

いたいけな美月《みづき》が、悩める青少年貴人《たかひと》が、そして『帝王』真欧《まおう》が皆様に気に入っていただけたらこれほど嬉しいことはありません。

今回イラストをご担当くださいました御園《みその》えりい先生にこの場をお借りいたしまして心より御礼申し上げます。先生に『お○ん○ん作家』と認識されたらどうしよう（汗）と案じつつ、素敵なイラストに本当に萌えさせていただきました。真欧ラブ！　です！

また担当のT様にも今回も大変お世話になりました。どうもありがとうございました。

今後ともどうぞよろしくお願い申し上げます。

最後に何よりこの本をお手に取ってくださいました皆様に、心より御礼申し上げます。

ご感想などお聞かせいただけると嬉しいです。

また皆様にお目にかかれますことを切にお祈りしています。

愁堂れな

・初出　帝王の犬〜いたいけな隷属者〜／書き下ろし

この作品を読んでのご意見・ご感想をお待ちしております。
〒112-0004　東京都文京区後楽1-4-14
プランタン出版　f-LAPIS編集部
「愁堂れな先生」「御園えりい先生」係
または「帝王の犬〜いたいけな隷属者〜 感想」係

f-LAPIS

帝王《ていおう》の犬《いぬ》〜いたいけな隷属者《れいぞくしゃ》〜

著 者　愁堂れな（しゅうどう　れな）
挿 画　御園えりい（みその　えりい）
発 行　プランタン出版
発 売　フランス書院
東京都文京区後楽1-4-14　〒112-0004
プランタン出版HP http://www.printemps.co.jp
電話（代表）03-3818-2681（編集）03-3818-3118
振替　00180-1-66771
印 刷　誠宏印刷
製 本　小泉製本

ISBN978-4-8296-5485-9 C0193

原稿募集のお知らせ

LAPIS LABELでは、ボーイズラブ小説を募集しています。

◆応募資格◆

オリジナルボーイズラブ小説で、商業誌未発表作品であれば同人誌でもかまいません。

ただし、二重投稿は禁止とします。

◆枚数・書式◆

400字詰（20字詰20行）縦書で70枚から150枚以内。手書き・感熱紙は不可です。

原稿には各ページ通しナンバーを入れ、クリップなどで右端を綴じてください。また原稿の初めに400〜800字程度の作品の内容が最後までわかるあらすじをつけてください。

◆注意事項◆

原稿は返却いたしません。

締切は毎月月末とし、採用の方にのみ、投稿から６ヵ月以内に編集部から連絡を差し上げます。有望な方には担当がつき、デビューまでご指導します。

作品には、タイトル・総枚数・氏名（ペンネーム使用時はペンネームも）・住所・電話番号・年齢・簡単な略歴（投稿歴・職業等）を記入した紙を添付してください。

投稿に関するお問い合わせは、封書のみで行っておりますので、ご注意ください。

◆宛先◆

〒112-0004　東京都文京区後楽1-4-14
プランタン出版
「LAPIS LABEL作品募集　○月（応募した月）」係

LAPIS LABEL